LES

VOYAGES D'ARLEQUIN

PAR

ERNEST PRAROND.

PARIS

MICHEL LEVY FRÈRES, LIBRAIRES-ÉDITEURS,
Rue Vivienne, 1.

1850

LES VOYAGES D'ARLEQUIN.

Abbeville.—Imprimerie de T. JEUNET, rue Saint-Gilles, 108.

LES

VOYAGES D'ARLEQUIN

PAR

ERNEST PRAROND.

PARIS

Michel LEVY Frères, Libraires-Éditeurs,

Rue Vivienne, 1.

—

1850

AVERTISSEMENT.

Swift, que nous pouvons nous dispenser d'appeler le docteur
Swift, et Voltaire, que nous nous garderons d'appeler l'académicien
Voltaire, ont écrit chacun leurs voyages d'Arlequin ; le premier
de ces voyages s'appelle *Gulliver*, le second *Micromégas*.

Pour un avertissement, va-t-on s'écrier d'abord, et pour un
avertissement, signé pour tout titre d'un nom de licencié bien
ou mal acquis sur la montagne Sainte-Geneviève, le début n'est
pas modeste.

J'en conviens de bien grand cœur, comptant sur l'invraisemblance
de l'audace pour ouvrir tous les yeux sur la valeur des
prétentions. Depuis le bachelier de Salamanque d'ailleurs, les
titres universitaires, loin de porter bonheur dans les lettres,
n'ont mérité qu'une faible estime aux auteurs tragiques, comi-
ques, élégiaques ou critiques qui en furent honorés.

Gulliver anoblit Arlequin à peu près comme le souvenir de
Vercingétorix anoblit le sang Gaulois qui coule, dit-on, dans
une partie de nos veines, et Micromégas nous est sujet d'orgueil
à peu près comme l'est à tout bon Français la parenté du roi Pharamond, qui versa, nous apprend-on encore, dans le sang des

Gaulois, appauvri de moitié, une dose égale du sang plus riche des Francs.

« Or, je ne médiral jamais du sang de nos pères, mais qui sait si Vercingétorix, le vaillant défenseur des Gaules, n'appellerait pas aujourd'hui César au secours d'une réaction politique, cherchant ainsi la dernière défense de la société dans l'intervention d'un futur empereur d'Occident? Qui sait encore si le roi Pharamond, découronné depuis longtemps, ne viserait point, de son côté, à la présidence d'une république quelconque sur les ruines de la dernière société possible?

Je ne prétends pas dire que les courages s'amoindrissent inévitablement avec les circonstances ni que Vercingétorix et le roi Pharamond portent aujourd'hui la redingote de MM. tels et tels. L'excuse serait trop commode pour les héros qui n'ont ni défendu les Gaules, ni fondé le royaume de France, et surtout pour les écrivains qui ni s'appellent ni Swift, ni Voltaire; je veux tout simplement réduire à la vérité cette comparaison de Gulliver et d'Arlequin.

Les vanités de l'auteur et d'Arlequin remises à leur place, il nous reste à conjurer les exigences du lecteur trop sévèrement éveillées par cette exposition généalogique.

Sans doute ces explorations dans les mers dont l'imagination seule dressé la carte n'ont pas l'immédiate utilité des voyages qui ont pour but d'ouvrir un passage aux navigateurs vers le pôle nord, passage, qui, suivant Fourier, ne sera, dans tous les cas, praticable qu'après la restauration des climatures par le reboisement des montagnes et par la culture intégrale du globe; il ne faut pas cependant dédaigner ces excursions, réputées jeux d'esprit par les ignorants, car tout en courant dans l'impossible, elles ne s'écartent pas toujours autant qu'on le pense du monde réel.

Qui lit encore aujourd'hui, je ne parle pas des savants de de profession, les huit livres de géographie de Ptolémée, les dix-sept de Strabon, l'Itinéraire de toutes les provinces d'Antonin, et les trois livres *de situ orbis* de Pomponius Mela? Je ne crains pas de me tromper en affirmant bien vite que vous suivîtes mon exemple, en les respectant même du doigt ; mais vous avez parcouru la République de Platon, l'Histoire véritable de Lucien ; vous avez, par ce temps d'expériences sociales, étudié l'Utopie du chancelier Morus et la nouvelle Atlantis du chancelier Bacon ; et, sans contredit, vous connaissez la lune aussi bien que Cyrano de Bergerac, le voyageur le plus célèbre, si nous en exceptons, non Christophe Colomb, mais Robinson Crusoé.

Pourquoi cela ? C'est que ces grands voyageurs appelés Platon, Lucien, Morus, Bacon, Bergerac vous promènent dans ces régions morales, dans ces archipels de l'esprit et vous font longer de loin ces continents de l'inconnu qui intéressent tout homme entré dans ce monde, et par conséquent pressé d'en sortir, tandis que les Ptolémée, les Strabon, les Antonin, les Mela se sont fatigués stérilement toute leur vie, pour nous fatiguer nous-mêmes sur le cours de quelques rivières dont le nom s'est perdu et la position de quelques gros bourgs oubliés depuis longtemps.

Gulliver lui-même est un historien plus véridique que bien d'autres : il retrouve les torys et les wighs dans les *talons hauts* et les *talons plats*, les papistes et les protestants dans les *petits boutiens* et les *gras boutiens*, les académiciens de Londres dans l'île de Laputa, et les dames de la cour d'Angleterre à la cour de Brobdingnag. Micromégas, avec un peu moins de bonne foi et un peu plus de raillerie, ne rapporte pas moins des choses fort remarquables : M. de Fontenelle, secrétaire de l'Académie des Sciences de Paris, put se reconnaître aisément dans la personne du secrétaire de l'Académie de Saturne. Micromégas discute en outre avec des géomètres, des partisans d'Aristote, de Descartes, de Malebranche, de Leibnitz, de Loke, etc., toutes personnes dont on avait alors, un peu désastreusement il est vrai, le bonheur de s'occuper, les uns avec la passion du dénigrement, les autres avec la passion de l'enthousiasme ; bonheur passager, bonheur terrible et dont on sait les résultats, car ce serait une question de savoir s'il y a plus de bonheur à creuser les mines des révolutions qu'à les combler après leur explosion. Mais il en était ainsi à cette époque : les meilleurs esprits avaient cet orgueil de croire aux rajeunissements pacifiques de la société par la philosophie. Erreur fatale, mais non plus funeste après tout que bien d'autres, les révolutions étant de temps en temps, dans les desseins de Dieu, convulsions nécessaires et remèdes héroïques de la société.

Tout ce qui est fait, dit ou écrit dans une bonne intention ne peut être coupable.

Swift rapprocha-t-il les mains des wighs de celles des torys? Rapprocha-t-il la foi des protestants de celle des papistes? J'ai bien peur que non, mais railler des factions ou des partis que l'on croit nuisibles à la chose publique, sera toujours cependant œuvre de bon citoyen.

Voltaire, dont on a répété souvent assez de mal pour que l'on tente quelquefois d'en dire un peu de bien, rabaissait-il la dignité de l'homme et la majesté de Dieu, lorsqu'il s'écriait par la bouche de Micromégas : « O Dieu! qui avez donné une intelligence à des substances qui paraissent si méprisables, l'infiniment petit vous coûte aussi peu que l'infiniment grand ; et, s'il est possible qu'il y ait des êtres plus petits que ceux-ci, ils peuvent encore avoir un esprit supérieur à ceux de ces superbes animaux que j'ai vus dans le ciel, dont le pied seul couvrirait le globe où je suis descendu. »

Il n'en est pas moins vrai que le docteur Swift, qui n'était pas du tout un bon homme, dût se reprocher quelque fois son voyage chez les Houyhnhms, cette diatribe avilissante contre l'espèce humaine, et certains lecteurs secs et sceptiques, dans le mauvais sens, purent bien prendre un peu trop au sérieux les hommes à quatre pattes et concevoir de la forme, imposée par Dieu aux intelligences les plus hautes qui vivent sur la terre, un mépris plus impie que les blasphèmes les plus ténébreux.

Il n'en est pas moins vrai que Voltaire en voulant faire aimer le Dieu de tous les peuples et de tous les temps, et répandre l'amour et l'égalité parmi les hommes, ne parvint qu'à faire nier ce Dieu avec le Dieu de chaque peuple et de chaque religion, et, ce Dieu n'existant plus, à introduire l'égalité des hommes par la lunette d'un échafaud en baptisant l'amour dans le sang.

Voilà ce que firent Swift et Voltaire. Oserai-je dire bien humblement que j'ai tenté tout l'opposé? Je me suis demandé si, en appliquant, sinon leur style, du moins leurs imaginations à d'autres idées et à d'autres sentiments, je ne pourrais pas faire un peu de bien là où ils ont fait beaucoup de mal. Ai-je évité tous les écueils où se sont heurtés ces grands esprits? Aurai-je, en écrivant sous des influences meilleures, versé pour une minute seulement quelques influences meilleures aussi, dans un petit nombre de cœurs? Je ne sais. Je ne suis pas éloigné de croire cependant que si tous les hommes adoptaient la morale d'Arlequin, le monde, qu'on me passe cette ambition, ne se tourmenterait pas tant qu'il le fait.

Une seule croyance domine, à proprement parler, ce petit livre, c'est la croyance à une direction supérieure des choses.

Arlequin est religieux; il croit à la fée sa marraine, c'est-à-dire à sa Providence; il croit à ses dieux, c'est-à-dire à Dieu; le respect de ce grand nom en interdisait la profanation dans une œuvre de fantaisie; il ne se trouve nulle part, mais les dieux se rencontrent partout dans les Voyages d'Arlequin.

J'ai voulu à chaque page abaisser l'orgueil humain en montrant ses folies, ses tergiversations, ses ambitions extravagantes, ses théories ridicules, outres creuses qui remplacent aujourd'hui les montagnes qu'entassaient les vieux Titans pour monter jusqu'au ciel, outres et montagnes sur lesquelles on n'escalade rien. J'ai voulu représenter, avec un certain doute cependant, cet orgueil descendu dans les masses et beaucoup plus coupable dans ces mille têtes où il a conscience de lui-même que dans les quelques têtes où il s'ignorait en quelque sorte et avait pour excuse la nécessité traditionnelle. J'ai fait justice de quelques injustices des peuples, comme les guerres, les invasions, les mesures de blocus et de protectorats, non cependant encore sans opposer en regard les dangers, les engourdissements, les querelles oiseuses, les énervements, les levains révolutionnaires les appétits sensuels de la paix. Ces hésitations de jugement à l'égard des questions de l'économie universelle, ce registre en partie double du bien et du mal, du pour et du contre, seront suffisamment sauvés par l'idée toujours présente des dieux, dont la justice dernière juge toutes les justices des hommes. J'ai, avec précaution il est vrai, car le péril est grand de se lancer dans ces spéculations et ces théories que j'avais pris à tâche de railler, mais qu'il ne fallait pas cependant condamner toutes indistinctement, indiqué un remède à beaucoup de ces maux dans le projet d'organisation judiciaire sur une grande échelle. Ce n'était pas tout-à-fait là le congrès de la paix ; mais enfin le bien est toujours le bien, et parce qu'il n'est pas praticable et qu'il a donné à rire une fois, ce n'est pas une raison pour ne pas l'exposer dans le lointain en appât aux imaginations, quand, d'ailleurs, il ne présente aucune arme aux esprits faux.

Le cadre fantastique des Voyages d'Arlequin permettait des pointes dans les régions purement morales ; j'en ai profité pour introduire dans l'intimité d'Arlequin les six jeunes filles prisonnières et l'homme aux pendeloques et pour visiter en passant le pays de Jouvence.

Un scrupule m'est venu d'avoir représenté les six jeunes filles incorrigibles dans leur dévergondage comme les pirates dans leurs crimes, et d'avoir montré les vices se perpétuant malgré les années chez les habitants de Jouvence. Le plaisir mauvais de la critique m'a entraîné vers des plaisanteries sans pitié que je blâme ; s'il est à regretter que les hommes ne se corrigent pas plus souvent qu'ils ne font, nous ne devons pas croire néanmoins que le vice pèse sur eux comme une fatalité. Le monde est une grande école de perfectionnement ; de ce que ce perfectionnement n'est pas toujours apparent, en résulte-t-il qu'il ne soit pas ? Voyons-nous le poulet se former dans l'œuf ? Il faut casser la coquille pour cela. Nous sommes tous encore dans notre coquille, et, loin de connaître les germes qui vont éclore chez nos voisins, nous ne savons pas même ceux qui se développent en nous.

Ne demandons pas trop à ce monde. L'idéal absolu ne doit pas être cherché sur la terre, mais le bien y abonde en réalité, et Arlequin, qui ne raisonne pas en philosophe, n'en a jamais douté.

Arlequin est l'homme qui croit et qui aime ; c'est aussi l'homme qui veut : et voilà pourquoi dans toutes les parades il trouve infailliblement à la fin de ses aventures un notaire complaisant qui le marie à

Colombine qui l'aime ; je n'ai eu garde de manquer à une tradition qui venait si bien en aide au plan que je m'étais tracé.

Ce livre n'est donc pas un livre de parti, mais de critique sans malveillance et de conciliation ; c'est surtout un livre de croyance malgré le scepticisme de quelques détails ; il y a un doute sans miséricorde et qui reste doute parce qu'il ne veut rien accepter ; il y a un autre doute plein d'amour et qui reste doute parce qu'il ne se résout à rien condamner ; c'est le mien. Il est doux de voir un peu de bien partout et de penser avec l'antiquité que *Mercure*, qui est la raison, *a la puissance d'arracher les nerfs de Typhon*, qui est le mal, *pour en faire les cordes de la lyre divine* (1).

Ce livre, qui croit à beaucoup de choses, excepté aux infaillibilités humaines, n'est donc dirigé ni contre ce qui a été, ni contre ce qui est, ni contre ce qui pourra être ; pas plus que les Dix Mois de Révolution il n'est hostile à la République elle-même, car, pour finir par un mot en accord avec l'esprit qui respire dans ces pages, il sera beaucoup pardonné à notre révolution parce qu'elle a respecté Dieu.

(1) Plutarque des Is. et Os. LIII, LIV.

LES VOYAGES D'ARLEQUIN.

I.

Précaution de l'auteur.

On parle quelquefois, pour mémoire, de contes à dormir debout.
Nos pères en savaient faire que nous ne savons plus lire. J'ai l'audace
d'en essayer un. Le récit m'en fut d'abord mystérieusement déposé dans
le plus secret de l'oreille par Colombine elle-même, pendant un entre-
acte de *Pierrot couvreur et roi*. En vérité serait-il encore question
quelque part de contes à dormir debout, n'était aux Funambules où
s'est perdu cependant l'art des équilibres sur la corde roide ?

O race audacieuse de Japet ! J'ai dérobé le feu du ciel ; j'ai donné
à de vaines apparences une vie qui ne m'appartenait pas ; car il y a
un Dieu pour cette sorte de poésie hors des univers connus, un Dieu
que notre entreprise offense, un Dieu qui, à l'exemple de ceux de
l'Inde, s'est déjà incarné trois fois, a créé trois mondes et s'impose
à notre culte sous trois noms chers aux bonnes gens dont le cœur

1

honnête reflue jusque dans l'imagination : le bonhomme Galand, qui sauva si miraculeusement la sultane des Mille et une Nuits ; le bonhomme Perrault, qui fit si lamentablement croquer le Petit Chaperon Rouge ; et le bonhomme Nodier, qui, dans la Fée aux Miettes, vieille et cassée, sut découvrir, pour la consolation d'un pauvre fou, la belle princesse Belkiss, la veuve éternellement jeune de Salomon.

Trinité naïve et maligne, ne vous irritez pas ; ce n'est point un nouveau monde que je viens créer à votre exemple, mais seulement un tout petit coin de vos États que je veux explorer avec votre permission. Bonne sultane Shéhérazade, racontez-moi un de ces beaux contes que vous contiez si bien ! Sœur Anne, montez à votre tour et montrez-moi le soleil qui poudroie et l'herbe qui verdoie ! Fée aux Miettes, Fée aux Miettes, indiquez-moi bien à quel signe certain on reconnaît la mandragore qui chante !

II.

Où quatre personnages entrent en scène pour le tourment d'Arlequin.

Le duc Lelio avait quitté son duché des Iles-Riches. Le Docteur qui le gouvernait avait jugé nécessaire de compléter par les voyages son éducation d'héritier présomptif de l'État. Ils s'en allaient donc, le maître et l'élève, par les sentiers et par les chemins, par les villes et par les campagnes, le premier sermonnant toujours, le second n'écoutant jamais.

Le Docteur avait un habit gras, un chapeau gras, une barbe grasse et des ongles sales. Quant à son esprit, il tenait à la fois de l'habit, du chapeau, de la barbe et des ongles. Le duc Lelio, grand, débingandé, blafard et blond, avait, comme les gens dont les reins trop longs soutiennent mal la taille, une épaule plus haute que l'autre ; quant à son esprit, il était déjeté comme son corps et pâle comme la filasse dont ses cheveux avaient la couleur.

Ils arrivèrent ainsi dans la ville qu'habitait Cassandre avec Colombine.

Cassandre, comme tous ceux de sa famille, était un vieux bourgeois fort avare en apparence et quelque peu usurier au fond. L'apparence et le fond ne se démentaient en aucune manière : cela constituait en réalité un honnête homme de fort dangereuse compagnie. On en disait beaucoup de mal, mais il était très considéré. Ses affaires le mettaient sur un pied respectable, grâce à une foule de petits commerces qui côtoyaient habilement les sinuosités de la morale judiciaire. Colombine, comme toutes les filles de sa maison, avait, sinon toutes les vertus, du moins tous les agréments en partage, grâce du corps et gentillesse d'esprit ; elle dansait à ravir et sa pantomime dépassait en expression la langue que parlait Ève dans le paradis terrestre.

Le duc Lelio ne put la voir sans en devenir amoureux comme un prince en voyage. Le Docteur, élevé à l'école du sage Mentor, lui fit des remontrances fort longues sur le danger des passions. L'utilité des gouverneurs a toujours été incontestable pour donner du caractère aux jeunes gens : le Docteur s'entêta si bien que le duc parla d'enlever la jeune fille ; sur quoi le maître ayant lâché le mot de déshonneur et de mésalliance, l'élève s'empressa de demander Colombine en mariage. Mentor, en pareil cas, se tirait d'embarras en poussant Télémaque dans la mer, mais le docteur ni le duc ne savaient nager.

Le duc Lelio apportait à sa future le duché des Iles-Riches et ses différents comtés ainsi qu'ils se comportaient, étendaient et consistaient de toutes parts, tant en villes, cités, châteaux, châtellenies, places, maisons, forteresses, fruits, profits, cens, rentes, revenus, émoluments, honneurs, hommages, vassaux, vasselages et sujets, bois, forêts, étangs, rivières, fours, moulins, prés, pâturages, fiefs, arrière-fiefs, justices, juridictions, patronages d'églises, collations de bénéfices, aubenages, forfaitures, confiscations et amendes, quints, requints, lods, vents, profits de fiefs et autres droits et devoirs quelconques à lui appartenant ès-dits duchés et comtés et à cause d'iceux ; il abandonnait en sus en apanage à son beau-père la principauté des Mines-d'Or. On juge de la joie de Cassandre : il eut donné douze Colombines pour l'apanage seulement.

Quelques jours après, le duc Lelio, plus amoureux que jamais, le Docteur, sermonnant toujours selon les devoirs de sa charge, Cassandre, tout bouffi de sa dignité nouvelle, et Colombine, fort marrie d'une union qui la séparait d'Arlequin, son amant, s'embarquaient pour le duché des Iles-Riches.

Qu'ils voyagent jusqu'à nouvel ordre, à la merci des étoiles trompeuses et des vents variables. Emporte, ô navire, ces vieillards imbéciles et ce jeune couple dont l'union mal assortie sera la cause de tant de désastres si les Dieux ne l'ont rompue d'avance. La compassion nous retient dans la maison que Cassandre a laissée vide ; l'économe vieillard a tout emporté ; je me trompe : il a oublié derrière lui la douleur de son commis de banque, Arlequin, en compagnie d'un coffre-fort désert.

III.

Désespoir d'Arlequin. Son invocation à la Fée. Apparition de celle-ci.

Elevés presque ensemble, Arlequin et Colombine obéissaient depuis longtemps aux influences sympathiques d'un même toit ; l'amour, qui est de toutes les couleurs, avait fasciné l'un avec la figure blanche de l'autre et l'autre avec le visage noir de l'un : de là pour Cassandre tant de journées inquiètes : Arlequin par ci, Colombine par là ; c'était Arlequin qu'il fallait renvoyer à son bureau ; c'était Colombine qu'il fallait reconduire à sa chambre, éternelle occupation qui ne décourageait en rien les deux amants. Aussi le bonhomme n'eut-il garde d'emmener avec lui le drôle récalcitrant dont les lazzis inconsidérés eussent pu paraître suspects à un gendre superstitieux. Arlequin et Colombine durent se dire un éternel adieu.

Le garçon, demeuré seul, ne pouvait se consoler ; il eût attendri par ses larmes les huissiers de Cassandre ; il ne faisait qu'un chemin de son bureau sans feu à la chambre de Colombine où rien ne parlait plus d'elle ; sa douleur le promenait comme un corps sans âme de la cuisine où ne pendait plus la crémaillère à l'office où les souris affamées se livraient bataille ; enfin, en proie à un désespoir sans bornes, il revint à son bureau, et, s'étant assis, faute de chaise, les jambes croisées sous lui, il mit sa tête dans ses mains et médita cette invocation en rimes cabalistiques qu'il écrivit sur la seule feuille de papier timbré que Cassandre eût oubliée en partant :

> Fée aux yeux bleus qui me fûtes marraine,
> Le sort jaloux vient d'enlever ma reine.
> Plus ne verrai sur son front variant
> Ce doux reflet qui toujours va riant ;
> Plus ne verrai cette fripponne mine
> Où de traits fins rayonnait une mine ;
> Plus ne verrai son œil bleu, piége adroit,
> Piége d'amour auquel mon cœur a droit.
> Fée aux yeux bleus, qui me fûtes marraine,
> Des bords lointains ramenez-moi ma reine.

Après avoir écrit cette invocation, Arlequin avisa une hirondelle qui venait de descendre par la cheminée. Son instinct des choses mystérieuses lui fit reconnaître en elle une envoyée des puissances surnaturelles, et, l'ayant attrapée, il lui attacha sous l'aile la missive timbrée. L'hirondelle, laissée libre, partit comme une flèche, Arlequin eut bientôt perdu de vue avec la messagère le précieux billet qu'elle emportait. Ce fut alors qu'il chanta pour la première fois cet air que M. Félicien David a retrouvé depuis dans une tribu nomade de l'Arabie.

Vole, vole hirondelle.

Arlequin attendait depuis quelques minutes déjà, et il commençait à concevoir des doutes sur la mission officielle de l'hirondelle, lorsque le mur du cabinet où il rêvait s'écroula tout-à-coup sur une avenue à perte de vue, semée d'un gazon fin, mêlé de fleurs dont le parfum lui était inconnu, et plantée d'arbres précieux qu'il n'avait vus nulle part auparavant. Cette avenue semblait descendre des nuages et aboutissait d'un côté à la porte resplendissante d'un palais, de l'autre au pauvre petit bureau de Cassandre, transformé en estrade magnifique. Arlequin ébloui n'en pouvait croire ses yeux. La porte du palais s'ouvrit et une fée magnifiquement vêtue, le diadème sur la tête et la baguette à la main, descendit en glissant plutôt qu'elle ne marchait, le long de l'avenue plus vivement éclairée sur son passage. Elle descendit ainsi jusques sur l'estrade devant laquelle Arlequin avait fléchi le genou.

— Arlequin, mon filleul, je ne t'ai pas oublié, dit-elle; celle qui a présidé à ta naissance compâtira toujours à tes peines, et, la vertu de sa baguette magique aidant, saura, si les destins ne s'y opposent, faire tourner à bien tes plus mauvaises aventures; mais de grandes traverses t'attendent, de grands obstacles se dresseront devant toi. Tu reverras ta Colombine; mais ne te réjouis pas d'avance; il faudra pour cela que le courage ne te fasse jamais défaut. Prends cette boussole et marche les yeux sur l'aiguille; si tu suis exactement ses indications, chaque pas que tu feras te rapprochera de Colombine.

Arlequin avait présenté respectueusement sa batte à la fée afin qu'elle pût la bénir. La fée la prit et l'aiguisa deux fois contre sa propre baguette magique afin de lui communiquer la vertu des prodiges. Arlequin, au comble de la joie, baisa la robe de la fée. Tout-à-coup le cabinet redevint sombre: l'avenue, la fée, l'estrade avaient

disparu, et le filleul de la fée se retrouva seul, agenouillé devant
le petit bureau crasseux de Cassandre. Il eût pu récuser le témoi-
gnage de ses yeux et de ses oreilles sur tout ce qu'il venait d'entendre si la boussole féerique qu'il tenait encore en ses mains
n'eût rendu tous les doutes impossibles. Il la mit en équilibre,
la fit pivoter plusieurs fois sur elle-même, et toujours l'aiguille se
tourna avec obstination vers le même point. Arlequin, rassuré sur
la fidélité de son guide, ceignit sa batte enchantée, serra la précieuse
boussole dans son gousset, et, sans autre trésor que son courage et son amour, se mit en route à la recherche de Colombine.

IV.

Comment Arlequin eut des nouvelles de Colombine et se procura un vaisseau et un équipage.

Après quelques jours de marche il arriva sur le bord de la mer. Là
un obstacle invincible faillit l'arrêter : l'aiguille de sa boussole montrait la haute mer. Infini! infini! combien es-tu formidable à ceux
qui, s'arrêtant devant toi et retenus sur tes bords par l'impuissance
de leur nature, désirent s'élancer dans tes profondeurs! L'infini de la
mer fait jalouser à l'homme les nageoires des poissons : l'infini de
l'air les ailes des oiseaux ; l'infini du ciel, enfin, l'immatérielle impon-
dérabilité des ames. Ce qui manquait à Arlequin devant cette étendue désespérante des eaux c'était moins que tout cela pourtant:
le bout du monde n'est pas ce que l'on croit communément ; il tient
très bien sous les mailles d'une bourse où les distances les plus longues se resserrent sous la figure de petits lingots de métal aplatis
par des empreintes plus durables que les royautés et les républiques;
or Arlequin connaissait bien l'usage de la monnaie, mais scientifi-
quement et pour en avoir entendu beaucoup parler. Etait-il donc

probable qu'aucun des nombreux vaisseaux en partance dans le port pour tous les points de l'horizon consentît à se charger, sans caution, d'un homme qui, en retournant ses poches, n'eût su y découvrir un rouge liard? Dans l'impossibilité d'un dernier doute sur sa détresse, Arlequin eut bien voulu tout au moins faire mentir sa boussole; mais la difficulté n'admettait point ces subterfuges : il avait beau déranger la flèche de sa boussole comme ceux qui s'imaginent commander au temps en faisant dévier l'aiguille de leur pendule, toujours la flèche impitoyable oscillait, oscillait, et d'oscillation en oscillation, de tiers de cercle en quart de cercle, de quart de cercle en huitième de cercle, reprenait invariablement sa position obstinée et semblait toujours vouloir percer le même point de la haute mer.

Il questionna les marins, les pilotes, les curieux du port; tous lui répondirent que depuis peu un vaisseau avait mis à la voile emportant vers des pays lointains un grand jeune homme blond, de figure fort grave et niaise, en compagnie de deux vieillards de fort ladre et chiche apparence et d'une jeune fille d'une éclatante beauté. Le jeune homme, ajoutait-on, paraissait fort magistralement amoureux de la jeune fille qui haussait volontiers l'épaule à ses discours. Quant aux deux vieillards, leur signalement était à peu de chose près le même : l'un semblait toujours sermonner, l'autre toujours gronder. Il n'y avait plus à en douter, le duc Lelio, Cassandre, Colombine et le Docteur s'étaient embarqués pour les Iles Riches dans ce même port où se lamentait Arlequin. L'aiguille de la boussole n'accusait hélas! que la plus triste des vérités.

Arlequin se promenait en gémissant le long des flots qui élevaient leur terrible barrière entre lui et Colombine; il songeait avec désespoir aux moyens de franchir cette barrière qui à chaque seconde le séparait de plus en plus de ce qu'elle aimait; dans le dénuement complet où il se trouvait, les plus extravagantes inventions lui paraissaient, non sans raison, les moins impraticables : il portait envie aux poissons qu'il entrevoyait parfois sous la vague les nageoires ouvertes, aux courlis qui passaient sur sa tête les ailes étendues ; il contemplait avec rage les vaisseaux qui glissaient au loin, voiles déployées, entre la mer et le ciel.

Dans cet abandon de tout secours humain, de toutes ressources terrestres, il s'assit enfin sur le sable et se prit la tête à pleines mains, position naturelle aux grandes contentions d'esprit. Depuis son invocation à la fée, c'était la première fois qu'il retombait dans cet abattement. Tout-à-coup il bondit avec un cri de joie, et battit deux entrechats en faisant claquer ses mains l'une contre l'autre. La pensée d'essayer le pouvoir de sa batte enchantée venait de lui traverser l'esprit. Il courut sur le bord de la mer où une grosse huître échouée brillait au soleil. L'ouvrir fut pour lui l'affaire d'une seconde. Telle était sa confiance aux promesses de la fée sa marraine, qu'avant d'en venir définitivement à l'expérience de sa batte, il avala lentement, et comme un homme complètement rassuré, l'animal pendant à l'une des valves. Prenant alors la plus profonde des coquilles, il la posa avec précaution sur le sable à l'endroit où le flot venait expirer, de sorte qu'elle pût être légèrement soulevée au va et vient de l'écume ; puis, ayant agité sa batte en l'air, il toucha l'écaille ainsi posée :

— Que cette valve, dit-il, devienne beau vaisseau.

Il n'avait pas fini que, dans le sable creusé en bassin, un magnifique navire, mâté, gréé, voilé, se balançait au souffle du vent ; un coup de sifflet du capitaine, et l'on devinait que ce beau navire allait lever l'ancre. Le pavillon d'Arlequin flottait aux mâts, bleu, jaune, rouge et vert, croisé de différentes façons ; un escalier descendait des bords extérieurs sur les galets du rivage ; tout était propre et net sur le pont et comme nouvellement nétoyé, lavé et balayé, mais aucun matelot ne se montrait ni sur la proue, ni sur la poupe. Avant de mettre le pied sur l'escalier qui l'invitait à monter, Arlequin courut sur le rivage, emplit ses poches, son mouchoir et ses mains des crabes qu'il trouva grouillant dans les flaques d'eau ou dormant sous les roches, et ne revint vers son vaisseau que muni d'une cargaison formidable de ces crustacés. Il escalada alors les bordages et lâcha cette armée crochue sur le pont. Tout aussitôt ces grosses caricatures de l'écrevisse, attirées par l'odeur de l'eau, coururent aux écoutilles sur leurs mille pattes maladroites ; mais en deux coups de batte, chacun de ces crabes se trouva transformé en un vigoureux marin, dressé à la manœuvre, qui s'élança aux poulies, aux vergues, au gouvernail. Arlequin contempla avec orgueil son équipage, consulta sa boussole et donna l'ordre du départ. L'échelle se replia contre les flancs du vaisseau ; l'ancre fut arrachée du sable ; un vieux marin, qui avait été un crabe fort expérimenté dans son temps, s'empara de la barre ; les voiles se gonflèrent, et, deux heures après, la terre disparaissait sous les vagues.

V.

Combat naval et capture singulière.

Le lendemain, le vaisseau fuyait bien loin des côtes ; le vent était favorable et l'équipage suivait avec une admirable précision les indications de la boussole qu'Arlequin avait fait placer à l'arrière. Tout-à-coup la figure du pilote s'assombrit : un point noir venait de surgir à l'horizon. Le vieux marin prit une longue-vue et interrogea avec anxiété l'étendue. Son inquiétude fut bientôt celle de tout l'équipage lorsque ce point noir, prenant visiblement la forme d'un vaisseau, eût accusé les allures cauteleuses d'un pirate. Les parages où flottait alors le vaisseau servaient de champ aux écumeurs de mer et l'on rapportait des récits terribles du sort qui attendait leurs prisonniers. L'esclavage, la meule, le service des galères, telle était la perspective que leur apparition offrait aux équipages trop faibles pour les intimider ou les battre. Arlequin ordonna de doubler de vitesse ; toutes les voiles furent mises dehors ; le vaisseau s'inclina sous sa voilure et s'élança comme une flèche ; la mer s'ouvrait sous lui et se soulevait à l'avant avec un bruit de cascade. Le point noir grossissait toujours. En ce moment, le vent fraîchit un peu ; le vaisseau se mit à fuir si vite que les vagues qu'il fendait le couvraient à chaque instant d'une nappe d'eau ; les voiles s'arrondissaient comme des ballons ; les cordages s'allongeaient à se rompre ; quelques vaisseaux qui passaient plus loin crurent voir une trombe glisser sur la mer et carguèrent leurs voiles en attendant l'orage.

Le point noir grandissait, grandissait toujours ; bientôt il prit un aspect formidable ; on put apercevoir distinctement la carcasse du pirate, puis les canons qui le hérissaient, puis les hommes qui le montaient, puis encore les turbans qui coiffaient ces hommes et les poignards qui brillaient à leur ceinture, puis enfin les moustaches terribles qui leur donnaient la physionomie de chats en colère.

Arlequin fit alors plier les voiles et ordonna de mettre en panne.

Les deux vaisseaux n'étaient plus séparés que par une longueur de boulet. Un éclair brilla sur le flanc du pirate, mais avant que le bruit du canon que cet éclair annonçait eût traversé l'espace, Arlequin agita sa batte et le boulet s'engloutit dans la mer à quelque pas du vaisseau.

Le pirate avançait toujours, couvert d'un nuage de fumée que perçait sans relâche la lumière des canons ; à chaque bordée qu'il lançait, Arlequin levait sa batte et les boulets s'abattaient sans force dans la mer comme les boules d'un jeu de quilles poussées par une main débile.

Les deux vaisseaux s'accostèrent ; leurs mâts s'engagèrent avec les vergues et les cordages ; des grappins furent jetés et les forbans s'élancèrent à l'abordage, la hache d'une main, le pistolet de l'autre. C'en était fait d'Arlequin et de ses matelots s'il n'eût encore une fois étendu sa batte. Au geste qu'il fit, les forbans s'arrêtèrent la hache en l'air, le pied droit sur leur navire et le pied gauche sur celui qu'ils voulaient prendre ; Arlequin les fit garotter et jeter à fond de cale ; puis il passa sur le pirate afin d'y faire acte de maître·

Là un spectacle digne de pitié l'attendait : dans une chambre basse, verrouillée comme un cachot, six jeunes filles d'une beauté remarquable, attachées aux cloisons par des anneaux de fer, les cheveux épars et les yeux en larmes, se tordaient les mains avec désespoir. Les pauvres filles avaient entendu le bruit du combat, et se croyaient la proie de quelque vainqueur barbare ; elles imploraient miséricorde. Arlequin brisa leurs fers et les fit passer sur son vaisseau; puis, après avoir ordonné qu'on attachât le pirate à la poupe, il reprit triomphalement sa marche.

VI.

Histoire des six jeunes Filles prisonnières.

Le voyage commençait à traîner en longueur ; Arlequin s'ennuyait ; il résolut, honnêtement s'entend, de chercher quelques distractions dans la conversation des six jeunes filles que le hasard avait jetées sur son chemin ; il les appela dans sa cabine et sollicita de leur loquacité complaisante le récit de leurs aventures.

La première s'exprima ainsi :

— Vous voyez devant vous, seigneur, une victime de l'amour. Mon père était un riche marchand de Bagdad. Parmi les jeunes gens qu'il employait pour les affaires de son commerce, il en fut un qui, pour mon malheur, eut le talent trop charmant de me plaire. Lorsque nous pouvions causer en cachette, il ne tarissait jamais sur l'éloge perfide des endroits de plaisir où les jeunes gens et les jeunes filles de Bagdad se réunissaient le soir pour danser à la clarté de globes de toutes couleurs. Je formai le complot de l'y accompagner et j'eus le tort d'accomplir ce projet; puis, je pris un tel plaisir aux divertissements que l'on trouvait en ces lieux, et j'y retournai si souvent que mon père, à qui nous ne pûmes cacher notre secret, me donna un matin sa malédiction après déjeûner. Je n'eus plus alors d'autre ressource que de fuir avec mon séducteur ; je vins avec lui jusqu'à Smyrne où le scélérat, dont je reconnus enfin tous les défauts et tous les vices, m'abandonna dans un dénûment tel que je fus fort heureuse de rencontrer l'honnête patron du vaisseau que vous avez pris, qui s'engagea à me vendre à l'empereur du Cap-Vert.

— Cela vous apprendra à danser sous des lanternes, dit Arlequin. Et que comptez-vous devenir maintenant ? car enfin les principes d'honneur dont je fais profession ne me permettent pas, vous devez le penser, de vous vendre à l'empereur du Cap-Vert.

— Hélas ! cher seigneur, répliqua la jeune fille, je ne connais l'empereur du Cap-Vert que de réputation, et, s'il vous plaisait de me garder près de vous, je renoncerais volontiers pour cette cabine à tous les sérails du monde.

Arlequin considéra la jeune fille et se lécha les lèvres ; mais, la pensée de Colombine lui étant revenue fort à propos, il se tourna vers la seconde jeune fille qui prit la parole en ces termes :

— Je ne suis pas, seigneur, ce que vous pourriez croire ; bien que je dûsse aussi, lorsque vous m'avez délivrée, être vendue à l'empereur du Cap-Vert, je n'appartiens pas à la condition de celles que l'on destine à cette infamie. Mon père était un vieux soldat qui fut décoré sur le champ de bataille de la main même du sultan de Caboul ; ma mère était une noble dame de Cachemire ; des revers de fortune ont accablé ma famille ; mon père mourut disgrâcié ; nos biens furent confisqués ; ma pauvre mère ne pût résister à tant de coups et suivit de près mon père au tombeau..... Ah ! seigneur, ce fut bien malgré moi que je me résignai aux nécessités du déshonneur et que j'accueillis les offres de cet honnête pirate qui m'enrôla dans les recrues de l'empereur du Cap-Vert.

— C'est bon, c'est bon, interrompit Arlequin, nous connaissons cette histoire ; il est étonnant combien de filles de généraux tournent à mal dans le pays de Caboul ! Et que comptez-vous faire présentement ?

— Cher seigneur, s'il vous plaisait de me garder près de vous, je sens que j'oublierais facilement l'empereur du Cap-Vert et les promesses du pirate.

Arlequin, sans répondre à cette attaque, s'adressa à la troisième qui ne se fit nullement prier pour débiter ce qui suit :

— Dès l'âge de neuf ans, seigneur, je courais les rue de Seringapatnam, en chantant et en jouant de la guitare ; à l'âge de douz^e ans j'inspirais déjà des passions et tous les libertins de la ville me payaient de grosses sommes pour venir chanter chez eux ; à quinze ans je devins la maîtresse d'un consul d'occident à Calcutta, ce qui me mit en si grande réputation que pendant deux ans, je tournai toutes les têtes des résidents étrangers dans le pays ; à dix-sept ans, je fus enlevée par le fils d'un riche nabab, qui me fit voyager et m'emmena au Caire. Je vivrais encore avec lui si un jour il ne m'avait surprise en tête à tête avec un esclave noir dont il ne se défiait pas. L'esclave fut poignardé et je n'eus que le temps de me sauver sur le port où je rencontrai fort à propos un pirate, fort civil, qui m'offrit un refuge sur son vaisseau. Comme je n'ai encore que dix-huit ans, cet honnête homme, que vous avez si méchamment arrêté en chemin, se fit fort de me vendre à l'empereur du Cap-Vert avec la qualité de vestale du temple de Bouddha. Vous savez le reste et mon avenir est entre vos mains.

— Voilà de la franchise ou je ne m'y connais pas, répliqua Arlequin, et où comptez-vous aller maintenant ?

— Cher seigneur, si vous consentiez à me garder près de vous, je crois que vous pourriez me rappeler le petit noir du Nabab ; et l'empereur du Cap-Vert pourrait attendre encore quelques années.

Arlequin pour toute réponse pria la quatrième de lui raconter son histoire.

VII.

Suite de l'histoire des six jeunes filles prisonnières.

Elle prit la parole en ces termes :

— Je suis Grecque, seigneur, et née dans l'île de Chypre. Tout enfant, j'aimais fort les friandises et ma mère me battait souvent lorsqu'elle me trouvait les doigts dans un pot de confitures. Plus tard j'aimai fort les belles robes, mais, lorsque par hasard il me prenait fantaisie de sortir en toilette, ma mère me secouait rudement par le bras et me forçait à rentrer en me montrant le poing. Enfin, lorsque je fus en âge de me marier, elle voulut me fiancer à un vieux grec qui s'était fort enrichi en prêtant à usure aux Turcs, prétendant que sa conscience de grec orthodoxe ne l'obligeait pas à respecter la bourse des mécréants. Comme ce vieux grec était fort laid et fort avare, ce ne fut pas sans plaisir que je fis la connaissance d'un capitaine de vaisseau fort obligeant qui me proposa de riches turbans, des jupes de toutes les étoffes et de toutes les couleurs, des bas de soie travaillés à jour, des babouches ornées de pierreries, des narguilés toujours fumants et des sorbets à discrétion chez l'empereur du Cap-Vert. Je songeais à toutes ces merveilles lorsque vous avez si brutalement interrompu mon rêve.

— Soyez tranquille, dit Arlequin, je ne vous reconduirai pas au vieux grec. Mais que comptez-vous devenir maintenant que les turbans, les babouches, les narguilés et les sorbets de l'empereur du Cap Vert vous échappent par ma faute ?

— Cher seigneur, puisque je suis en votre pouvoir, si vous vouliez seulement me faire donner un peu de cette liqueur de noyau et quelques aunes des étoffes que ces mécréants ont prises dernièrement sur un vaisseau chrétien, je consentirais volontiers à continuer le voyage avec vous.

Arlequin croisa ses jambes l'une sur l'autre et fit signe à la cinquième de parler.

— Pour moi, dit-elle, je fus élevée en Circassie dans l'espoir de faire un jour une grande fortune. Lorsque j'eus atteint l'âge de quatorze ans, ma mère me vendit mille piastres à un marchand d'esclaves qui me revendit deux mille piastres à un pirate qui devait me revendre trois mille piastres à l'empereur du Cap Vert. Donnez-moi quatre mille piastres et je consens à passer quelques semaines avec vous. L'empereur du Cap-Vert ne perdra rien pour attendre.

— Peste ! quelle promptitude de calcul, dit Arlequin ! Et c'est en Circassie que l'on apprend à compter de la sorte ?

— Ma mère fut dans sa jeunesse la femme légitime du valet de chambre d'un ambassadeur français à Constantinople, et elle fit en qualité d'attachée à l'ambassade un séjour fort long dans une grande ville de l'occident que l'on appelle Paris.

— Je ne m'étonne plus alors qu'elle vous ait si bien stylée, répliqua Arlequin. Et il se tourna vers la sixième jeune fille qui parla de la sorte :

— Je naquis dans un sérail, seigneur ; mon maître était le pacha de Caramanie qui fut empalé dernièrement par ordre du sultan ; toutes les femmes du pacha furent renvoyées ou vendues, selon qu'elles étaient vieilles ou jeunes, laides ou belles ; j'eus le bonheur d'être conduite au marché ; je ne voyais pas cependant sans une certaine terreur arriver l'heure de la vente car je ne saurais me plier à aucune besogne fatigante ; mes mains ne sont pas faites pour travailler et je craignais de devenir la propriété de quelque pauvre diable qui m'eût chargée du soin de sa maison ou se fut fait de moi une associée dans quelque métier pénible ; heureusement encore, je fus remarquée par un pirate, fort considéré dans le commerce, qui m'acheta pour l'empereur du Cap-Vert.

— Et maintenant ?...

— Et maintenant je suis fort malheureuse, car si vous ne me conduisez pas à l'empereur du Cap-Vert ou ne me revendez en quelque lieu, je ne saurai que devenir, à moins que vous ne me gardiez près de vous.

Ainsi parlèrent les six jeunes filles prisonnières.

Tentation d'Arlequin ; il trouve une recette dont peu de poètes font usage.

Ces révélations firent passer des papillons étranges dans l'imagination d'Arlequin ; les mille diables des amours frivoles s'étaient échappés de la bouche des six jeunes filles et se livraient aux fantaisies baroques du sabat dans sa cervelle de vingt ans ; les portes de son cœur restaient toujours fermées comme celles d'un temple dont Colombine avait emporté la clef ; mais sa tête bourdonnait comme une ruche en délire. Sa modestie faiblissait contre les chatouillements de la vanité ; d'un côté il ne pouvait se dissimuler les avantages de sa position actuelle vis-à-vis de l'empereur du Cap-Vert ; de l'autre il se demandait en outre dans la probité de sa conscience s'il ne manquerait pas aux plus simples exigences de la politesse masculine, en dédaignant des avances relevées par des grâces aussi flatteuses. Il monta sur le pont en proie à des hésitations qui pour nous ont le mérite des plus extraordinaires vertus, mais qui eussent été pour Colombine des crimes sans rémission. Singulière différence des jugements humains ! Nos intérêts et nos passions sont des avocats sans scrupules qui plaident alternativement le pour et le contre dans les mêmes causes. La conduite d'Arlequin nous paraît invraisemblable et d'autant plus admirable qu'elle nous condamnerait nous-même si un hasard inespéré nous mettait un instant à sa place ; renversons les rôles ; abandonnons Colombine sur un navire en compagnie de six dragons ; nous l'accablerons des épithètes les plus dures si elle jette seulement les yeux sur eux à la dérobée.

Arlequin se conduisit en héros sans le savoir. La retraite de Xénophon, dont on a tant parlé, s'effectua avec moins de prudence que la sienne. Il alla, pour échapper au danger, respirer l'air frais et salé de la mer, salutaire distraction à laquelle vint en aide la pensée toujours chère de Colombine. Le soleil n'avait plus que peu de chemin à faire pour toucher la dernière ligne des flots ; c'était l'heure où les nuages, faisant à l'astre une cour intéressée, en reçoivent de si magnifiques clartés et prennent des couleurs si diverses ; quelques moucherons, annonçant le voisinage de la terre, volaient autour des cordages ; les vents apportaient des senteurs lointaines et affaiblies ; la mer était limpide et presque plane ; la vague gazouillait à la proue ; Arlequin s'énivra un instant de ces beautés du ciel et de l'eau, puis il leur adressa l'invocation suivante en vers inégalement coupés. Poëte, il trouva dans la poésie un dernier asile pour sauver les délicatessses de son cœur de la contagion des amours vulgaires :

RHYTHME NOUVEAU.

Mouche qui volez, allez chez ma Colombine
Et reposez-vous sur ses lèvres de grenat,
Pour me rapporter un peu de cette eau divine
Qui donne à sa bouche un si splendide incarnat.

Rayon qui brillez, allez chez ma Colombine
Et reposez-vous dans ses yeux, vos fiers rivaux,
Pour leur prendre un peu de ces feux qu'Amour combine,
Et puis m'éclairer dans ces longs et durs travaux.

Vent qui voyagez, allez chez ma Colombine
Et reposez-vous dans ses cheveux parfumés

Pour leur prendre un peu de leur odeur douce et fine
Et me l'apporter pleine des regrets aimés.

Flot qui chuchottez, allez chez ma Colombine
Et retenez bien, si vous l'entendez chanter,
Quelques uns des sons de sa voix tendre et mutine ;
Puis revenez vite, afin de m'en enchanter.

Nuage au flanc d'or, allez chez ma Colombine
Et retenez bien dans votre miroir changeant
Le sourire ailé qui sur ses lèvres badine
Pour me l'apporter frais encore et voltigeant.

Rêves qui passez, allez chez ma Colombine
Et reposez-vous sur son sein blanc et vermeil
Pour en dérober le tiède frisson d'hermine
Et m'en caresser tout entier dans mon sommeil.

Après avoir composé ces vers, Arlequin se trouva plus calme ; la
fatigue qui suit toujours une journée bien remplie commençait à
charger ses paupières ; il assigna à chacune des six jeunes filles une
chambre séparée dans le vaisseau ; puis, sans plus songer à elles, il
redescendit dans sa cabine et s'endormit la tête et le cœur pleins de
Colombine.

IX.

Interruption ; l'auteur se laisse battre dans une discussion philosophique.

« Arlequin n'est qu'un sot ! »
Cette exclamation mal sonnante m'interrompt désagréablement
comme un éclat de rire au milieu d'une déclaration passionnée. Car

je l'ai bien entendu ; les paroles n'ont pas été mâchées et je n'ai nulle raison de suspecter la franchise de celui qui les a prononcées. La prudence me conseille-t-elle de m'arrêter court ici même, au point le plus critique de la très fidèle relation de ces très véridiques voyages ? Dois-je au contraire poursuivre cette histoire, condamnée dès le début par d'aussi décourageantes apostrophes ? Arlequin, ce héros, que je voudrais présenter à l'admiration des races futures pour l'éternel exemple de la jeunesse sans respect, ne serait-il qu'un original ridicule et sans copie honnêtement possible ?

Perplexité cruelle d'un écrivain de bonne foi qui voudrait donner satisfaction à ses scrupules personnels et à l'opinion publique !

L'observation profonde, renfermée dans ce jugement concis : « Arlequin n'est qu'un sot, » n'engage en rien ma conscience, mais ne peut non plus sauver mon honneur ; je me hâte de le dire pour ma justification dans le cas où cette observation me ferait supposer des idées subversives de l'ordre social, et pour ma honte, dans le cas où j'aurais manqué sérieusement aux convenances obligées en me permettant une apologie détournée de la conduite d'Arlequin. Cette observation, enfin, n'est pas de moi, mais d'un homme qui a ouï parler aussi des aventures d'Arlequin et qui trouve cette réserve vis-à-vis des six captives impertinente, bien qu'il ait entendu parler cependant de la sagesse de Salomon, de la continence de Scipion et de la vertu de Joseph.

— L'arrêt est dur, observai-je timidement et comme un homme qui cherche à se faire pardonner lui-même une sottise. Mais est-il véritablement sans appel ? Arlequin un sot ! et pourquoi ? Peut-on bien lui imputer à mal une retenue qui doit le rendre plus digne de Colombine ?

— A mal certainement. Et j'ajouterai qu'il y a dans cette conduite d'Arlequin de sérieux motifs de crainte pour Colombine. Un homme qui ne sait pas tirer profit des choses bonnes fait injure aux choses meilleures ; et celui qui fait fi de ce que le hasard, ce ministre des dieux, lui met sous la main, est un impie qui perd le droit de solliciter rien des générosités du ciel. Je le répète, cette retenue d'Arlequin, que vous vantez à tort, offre de piteuses garanties d'intelligence et de goût ; et Cassandre a bien raison de refuser sa fille à un homme si peu capable d'apprécier le mérite des circonstances.

— Ces considérants ont du poids ; ils sont dans l'ordre des choses réelles ; mais l'idéal, représenté par Colombine et que poursuit Arlequin, ne mérite-t-il pas quelques sacrifices ?

— Vos répliques, mon ami, sont lourdes comme celles d'un moraliste, et fausses comme celles d'un poëte. Pardonnez-moi ces comparaisons : elles n'ont rien qui doive vous blesser, car, si je ne me trompe, vous vous piquez un peu de ces deux qualités qui feraient syllogistiquer Anacréon dans Socrate et déraisonner Saint-Augustin dans Horace.

— Prenez garde ; vous allez philosopher vous-même.

— Et pourquoi pas? Je ne blasphémerai jamais ce que vous appelez l'idéal ; j'y crois comme à un guide et non comme à un but. Vous qui vous permettez d'écrire une histoire de voyages, vous êtes-vous jamais embarqué ?

— J'ai fait deux fois la traversée du Crotoy à Saint-Valery-sur-Somme, et j'échouai par un jour de vent sous le phare de Cayeux.

— Vous n'aviez alors pour vous guider que les balises de la baie ; cela ne peut se comparer qu'aux préceptes de gros bon sens qui servent à la vie ordinaire et commune ; mais vous êtes-vous jamais embarqué pour les Indes ou l'Amérique? Savez-vous ce que c'est qu'un voyage au long cours ?

— Oui et non.

— C'est de la bonne foi. Vous partiriez d'abord, je suppose, d'un port de la Manche ; vous toucheriez en Espagne, en Portugal, à Madère pour faire provision des vins de ces pays ; vous échangeriez ces vins au Sénégal contre de la poudre d'or ou des dents d'éléphants ; le fameux vin de Constance, récolté sur la montagne de la Table, vous arrêterait un instant au cap de Bonne-Espérance ; puis, vous reviendriez par le même chemin, après avoir pris à Pondichéry ou à

Calcutta des épices, des bois précieux ou des étoffes de Cachemire. Quel aurait été le but de votre voyage? le vin de Portugal, l'ivoire d'Afrique ou la cannelle de Indes. Sur quels avis cependant auriez-vous dirigé votre vaisseau? sur une étoile que vous aviez au dos en partant et dans les yeux en revenant. Faut-il changer la composition. Au lieu de faire le tour de l'Afrique vous avez pris la route ouverte par Christophe Colomb; vous vous êtes arrêté à Cayenne pour prendre du bois de teinture, à la Martinique pour prendre du café, à Saint-Domingue pour prendre du sucre; le but de votre voyage était bien sans doute le bois de campêche, le café ou le sucre. Qui vous guidait cependant dans votre traversée? l'étoile du nord que vous aviez à votre droite au départ, à votre gauche au retour. Eh bien! ce que vous appelez l'idéal n'est que notre étoile du nord dans la traversée de ce monde; l'idéal nous sert à discerner le vrai du faux, le bien du mal, à apprécier, comparativement à une mesure supérieure, ce qui est bon et ce qui est mauvais. L'Idéal n'est pas la côte, mais le phare qui l'éclaire.

— Voilà qui est admirablement raisonné. Adieu donc Arlequin, adieu donc Colombine! Hélas! je n'ai plus qu'à déchirer les premières pages de cette histoire.

— Gardez-vous en bien; Arlequin, si je ne me trompe, est en vue des côtes; et les événements qui l'attendent rentrant dans la marche ordinaire des choses, pourront présenter quelque intérêt et quelque utilité au public.

Je continuai donc ce récit, un peu découragé, il est vrai, par les arguments qu'on vient de lire, mais non convaincu, et me réservant à part moi d'examiner sérieusement plus tard la valeur de l'étoile du nord dans le raisonnement qui me déconcertait.

VIII.

Arlequin tombe dans une grande flotte et fait un cours de droit des gens.

Le lendemain, lorsqu'il s'éveilla, la terre commençait à paraître ; bientôt les tours d'une grande ville s'élevèrent et le pilote déclara que l'on allait entrer dans la ville capitale d'une petite nation nouvellement maîtresse de son indépendance.

Cette ville était Sétine et cette nation celle des Sétiniens, remarquable par son histoire dans les siècles reculés.

Arlequin se fit fête d'applaudir en passant à la renaissance d'un peuple brave, à qui de nobles aïeux transmettaient encore avec le sang des traditions héroïques, présages et promesses des destinées nouvelles.

Ce devait être un beau spectacle en effet qu'un peuple relevant avec respect les ruines paternelles, cherchant dans de vieux livres sa langue oubliée, consultant la sagesse des ancêtres dans la poudre des monuments et des codes, et livrant avec orgueil ses étendards à tous les vents, ses vaisseaux à toutes les mers, son nom à toutes les sympathies des peuples ! Une telle nation devait grandir sous le patronage des autres nations comme un aiglon qui a brisé son œuf s'envole sous la protection des aigles.

Un instant après une ligne de voiles blanches se dessinaient à l'entrée du hâvre ; le chemin d'Arlequin était tracé à travers ces voiles par l'aiguille magique ; Sétine était le point qu'elle montrait ; les vaisseaux que l'on aperçut bientôt plus distinctement allaient et venaient comme pour une fête navale ou quelque exercice inoffensif de guerre.

— La marine de ce petit pays se serait-elle déjà développée à ce point, demanda Arlequin , et les influences de la liberté féconderaient-elles en si peu d'années la prospérité d'un peuple ?

— Ces vaisseaux, lui répondit-on, ne portent pas les couleurs du pays. Une flotte amie sera venue mouiller dans le port et ces pavillons sont ceux de quelque peuple allié.

Tandis que ces conjectures s'agitaient , le vaisseau d'Arlequin s'était assez engagé dans la flotte pour qu'un porte-voix pût lui envoyer quelques-unes de ces paroles bienveillantes que les hommes échangent volontiers en mer.

Arlequin remarquait depuis un instant que plusieurs des vaisseaux en croisière manœuvraient de manière à lui couper la retraite ; et cette façon de procéder, lorsqu'il n'attendait qu'un accueil amical ou indifférent, lui donnait à réfléchir.

Il était trop tard pour reculer , ou plutôt l'aiguille de sa boussole lui commandait d'aller toujours en avant; il n'y avait pas d'hésitation possible, Arlequin poursuivit sa route.

Un coup de canon l'arrêta ; le boulet avait traversé à fleur d'eau la carcasse du navire. Ne soupçonnant en rien que les allures énigmatiques mais pacifiques de la flotte pussent masquer un guet-àpens semblable , Arlequin songea trop tard à prévenir le danger.

Le boulet avait pris le navire en écharpe ; une planche tout entière enlevée laissait entrer l'eau en cascade dans la cale.

Arlequin eut pu recourir aux subterfuges innocents de sa batte et se tirer d'affaire même à cette portée de pistolet par quelques-uns de ses tours familiers ; mais ne pouvant attribuer une attaque si brusque qu'à la méprise d'un aspirant ou à l'imprudence d'un canonnier, il fit replier les voiles afin d'attendre une explication ou des excuses.

Des canots montés d'hommes bien armés s'avancèrent vers son vaisseau ; il fit jeter des échelles aux officiers qui les commandaient.

Les officiers se présentèrent en maîtres et lui déclarèrent qu'il eût à se reconnaître prisonnier.

Arlequin se fit répéter deux fois cette déclaration ; il ne pouvait comprendre qu'on l'arrêtât, lui qui n'exerçait ni le commerce ni la piraterie et qui ne se couvrait du drapeau d'aucune nation dans ces mers.

On lui répondit que les règles d'un blocus dûment justifié exigeaient qu'on le gardât deux ou trois mois, lui, son vaisseau, ses hommes et ses marchandises, et que, pour peu qu'il fût au courant des affaires de cette partie du monde, il avait fort mauvaise grâce à se plaindre des façons pleines de ménagements dont on consentait à user envers lui.

Arlequin voulut répliquer et répliqua ; il demanda de quel droit et pour quelles causes on se permettait de retarder son voyage : de quel droit, puisqu'il naviguait sous son propre pavillon et n'avait, à ce qu'il sût, déclaré la guerre à aucune puissance, manqué de respect à aucune province, ni fait injure de sa vie à personne ; pour quelles causes, puisque les seuls objets de quelque valeur qui lestassent son vaisseau n'étaient que six jeunes filles dont il faisait volontiers l'abandon, son voyage ayant pour unique but de courir après une autre.

On traita ses raisons d'impertinentes.

Arlequin se sentit indulgent parce qu'il se savait fort ; il prit en pitié la hauteur des officiers de la flotte ; et, sûr de déjouer leurs mesures sitôt qu'il lui plairait, il se résigna jusqu'à nouvel ordre à attendre l'issue régulière des événements et des usages ; il se contenta de prendre quelques informations sur quatre personnages qu'il dépeignit : Vous les reconnaîtrez sans peine, dit-il ; les deux vieux ont bien cent vingt ans à eux deux, mais il serait impossible d'assigner un âge à leurs habits, quant à la langue qu'ils parlent, l'un sermonne toujours et l'autre gronde sans cesse ; des deux jeunes, l'un est un grand jeune homme blond de figure niaise ; l'autre une jeune fille d'une éclatante beauté.

Les officiers éclatèrent de rire et répondirent que leurs fonctions ne les obligeaient pas à visiter le passe-port des gens, et que, s'abaissassent-ils même à ce métier d'agents subalternes de la police des peuples, il leur serait difficile de rapprocher une figure d'un signalement caractérisé par des signes particuliers de cette espèce.

Ah ! s'écria Arlequin, je comprends que vous ne vous souciez aucunement du duc Lelio et du Docteur qui le sermonne, ni même du banquier Cassandre dont la signature et les huissiers sont redoutés dans tout l'univers, mais se peut-il que vous n'ayez jamais entendu parler de Colombine ?

Pour le coup les officiers s'imaginèrent tenir un fou d'un genre nouveau et dont aucune variété n'avait encore été étudiée à Charenton ni à Bedlam et faillirent le mettre entre les mains du médecin de la flotte qui s'occupait d'affections mentales et rassemblait depuis longtemps les matériaux d'un grand mémoire sur ces maladies, mémoire annoncé depuis dix ans dans tous les prospectus des libraires, et qui l'ayant mis d'abord en grande réputation sur parole, devait lui faire occuper un jour une haute position dans toutes les académies de médecine du monde.

Ce fut le plus grand danger que courut jamais Arlequin à travers les mille accidents de ses voyages. Heureusement les officiers de la flotte, ne s'intéressant que médiocrement au livre du médecin et à la santé du prisonnier, ne donnèrent aucune suite à leur idée.

De toutes les hardiesses humaines la plus grande, si l'on y réfléchit, est celle qui fait dire d'un homme à un autre homme : c'est un fou. Arlequin, dont les discours paraissaient égarés aux officiers de la flotte inévitablement travaillés eux-mêmes de quelque folie, raisonnait-il plus mal que le premier d'entre nous qui, amoureux de sa maîtresse, s'est imaginé plus d'une fois sans doute, au grand dommage de sa tranquillité, que tout le monde perdait la tête par la mauvaise fée qui troublait la sienne et que sa maîtresse était la pensée unique de l'univers parce qu'il y rêvait lui-même jour et nuit ? Le genre humain est condamné par sa nature à bien des travers funestes, et l'embarras serait grand de décider des plus à craindre ; en est-il cependant qui dérange plus nos jugements et cause par suite plus de malheurs que cette manie de toujours prêter nos yeux à autrui sans jamais emprunter ceux des autres ?

XI.

Suite du cours précédent.

Arlequin voyant qu'il ne pourrait rien obtenir des officiers de la flotte leur tourna le dos et vit son pilote qui secouait la tête de l'air d'un homme qu'en sait long ; le vieil homme, en effet, ayant beaucoup pratiqué les mers dans sa condition de crabe, était au courant de bien des choses. Souvent il avait conversé avec des marins noyés et il s'était très longtemps fait un cabinet de lecture du crâne d'un grand amiral.

Qu'est-ce donc, demanda Arlequin, que ce blocus qui a ses règles, son étiquette, ses formes comme une présentation officielle ou une séance de justice ?

— C'est ce que l'on appelle dans la langue du droit des gens un blocus.

— Cela ne m'explique pas encore ce que c'est qu'un blocus ; mais apprenez-moi d'abord ce que vous entendez par le droit des gens ?

— C'est le code des égards que se doivent réciproquement les nations.

— J'entends, c'est la civilité des peuples ; mais quand deux hommes se rencontrent dans la rue, ils se saluent et se font place réciproquement ; les peuples ont-ils donc une autre politesse à leur usage ?

— Cela dépend.

— Des griefs antérieurs ou d'une insulte non réparée ?

— Non, de la faiblesse des uns et de la force des autres.

— C'est donc de la politesse de coupe-gorge dans les montagnes où se sont retirés les derniers descendants de Jean Sbogar de Trabacchio et de Mac Gregor ?

— C'est le droit des gens.

— Mais, dans tous les pays de police, les gens qui se permettent d'étudier l'urbanité à cette école sont poursuivis, arrêtés, emprisonnés, jugés, condamnés, exécutés, et leur nom est attaché sur un poteau afin de servir d'épouvantail aux complices qu'on n'a pu saisir.

— Les pays dont vous parlez ont sans doute établi contre ces gens des lois pour les punir, des juges pour les juger, des officiers pour les conduire au supplice ; les sentences des tribunaux ont pour sanction l'opinion publique, qui traduit en marque éternelle de honte pour le coupable et ses descendants l'inscription infamante du poteau ; mais ce sont là des lois particulières et qui n'atteignent que les particuliers.

— Les peuples n'ont-ils donc pas aussi leurs lois, leurs tribunaux, leurs juges, leurs sentences, leurs exécutions ?

— Sans doute et mieux que cela ; ils ont une loi qui est au-dessus de toutes les lois.

— Qui est ?

— Le droit des gens.

— Mais toute loi suppose des tribunaux..

— Ils en ont et qui ne relèvent d'aucune juridiction supérieure.

— Ces tribunaux s'appellent ?

— Cabinet du roi, ministères, assemblées délibérantes.

— Mais quels sont les juges qui siégent dans ces tribunaux ?

— Les peuples eux-mêmes ou du moins leurs représentants.

— Qui sont ?

— Ceux que l'hérédité ou l'élection a établis dans les cabinets royaux, la délégation du prince dans les ministères, celle du peuple dans les assemblées.

— Leurs sentences ?

— Ce sont les coups d'Etat, les déclarations de guerre, les ruptures de traités.

— Leurs exécutions ?

— Les envahissements, les confiscations, les blocus.

— Ainsi les peuples sont juge et partie dans leurs propres affaires ?

— Toujours.

— Et sur quelle autorité se fondent-ils pour en agir de la sorte ?

— Sur le droit des gens.

— Mais encore en quelles circonstances usent-ils de ce droit ?

— Je vous l'ai déjà dit : lorsqu'ils sont ou s'imaginent être les plus forts.

— Ainsi les coups d'Etat ?

— N'éclatent que lorsque le juge qui siége dans les cours, c'est-à-dire le prince, est ou se croit en mesure de canonner son peuple.

— Mais les peuples ne protestent-ils jamais contre ces fantaisies meurtrières ?

— Oui, par des révolutions, lorsqu'ils sont ou s'imaginent assez forts pour crever des tableaux, briser des glaces, jeter des carosses à l'eau et brûler un fauteuil de bois en grande cérémonie sur une place publique.

— Les déclarations de guerre ?

— Ne s'adressent, sauf de rares exceptions qui font passer leurs auteurs pour des fous, des étourdis, des imbéciles ou de mauvais politiques, qu'aux nations incapables de résister ou non préparées à repousser une attaque imprévue.

— Les ruptures de traités ?

— Lorsque ces traités ont déjà fait naître et protégé de nombreuses relations de commerce entre les particuliers de deux nations et au moment même où l'interruption forcée de ces relations en ruinera le plus grand nombre possible.

— Les envahissements ?

— D'ordinaire à l'abri de la diplomatie, afin que les opérations bien méditées à l'avance précèdent la déclaration de guerre ou la suivent du plus près possible. La diplomatie est le parlementaire qui trompe pour masquer le feu ; la diplomatie est le moyen ; l'envahissement, la fin qui justifie les moyens.

— Les confiscations ?

— C'est un châtiment doux qui atteint le coupable dans sa famille et le punit dans sa postérité directe ou ses affections collatérales ; c'est encore quelquefois une opération financière qui ruine les particuliers pour enrichir l'État.

— Les blocus ?

— S'exécutent à peu près de la façon des envahissements.

— Mais il faut une cause enfin à ces envahissements et à ces blocus.

— Les causes ne manquent jamais ; mais j'ai lu quelque part dans un coin du crâne du grand amiral où j'ai par désœuvrement étudié les secrets de la politique, que ces causes n'étaient jamais que des prétextes.

— Par exemple ?

— Un national, c'est ainsi que chaque nation appelle ses enfants, a battu en pays étranger un marchand qui lui rendait une pièce de cuivre fausse, et le marchand a rendu quelques coups de bâton au national ; la nation entière se trouve outragée dans la personne du national et prend les coups de bâton pour elle. Si le marchand appartient lui-même à une nation respectable, l'affaire s'arrange ordinairement devant les tribunaux de son propre pays ; s'il n'en est pas ainsi, ce qui arrive presque toujours, les coups de bâton n'allant jamais si loin entre nations sur le même pied, vite une déclaration de blocus arrive sur les ailes de cinq ou six vaisseaux de deux ou trois cents canons, et pour punir le marchand coupable, détruire un commerce rival, déchirer quelques pages d'un traité et les remplacer avantageusement, on ruine tous les autres marchands du pays. Ou bien il s'agit, comme dans le blocus de Sétine, de quelques intérêts d'emprunt non payés par une nation qui refait à grand'peine sa fortune pour justifier des mesures qui ne lui laisseront d'autres ressources que la faillite ; il est vrai que la nation qui bloque a bien soin de s'indemniser des frais de son expédition par les prises qu'elle fait sur l'inoffensive marine de la petite nation.

— Et que disent à cela les autres nations ?

— Je vous ai déjà expliqué, je crois, que les autres nations avaient également pour loi le droit des gens ; elles n'auraient garde, lorsque leur intérêt n'est pas en jeu, de troubler l'exercice d'un droit qui leur est commun. Si vous aviez lu comme moi dans le crâne d'un grand amiral, vous ne feriez pas perpétuellement ce cercle vicieux qui nous ramène toujours au même mot.

Arlequin, suffisamment éclairé par les réponses de son pilote, se mit à réfléchir profondément.

XII.

Méditation d'Arlequin sur la morale générale des peuples ; comparaison avec celle des particuliers ; projet d'organisation judiciaire sur une grande échelle.

La vie d'Arlequin s'était passée jusqu'alors fort innocemment au milieu des usures de Cassandre. Jamais il n'avait levé les yeux des actes obscurs qu'il copiait sur de vieux formulaires que pour chercher la lumière dans les yeux couleur de ciel de Colombine ; il ne savait rien des choses humaines que l'amour, cette échappée d'un autre monde qui ne se décompose pas comme la clarté du soleil, mais qui luit sur les âmes comme un rayon immatériel ; l'amour n'est pas une science, car il ne s'apprend pas ; c'est un rideau qui se lève sur des destinées nouvelles et nous ouvre cet horizon de l'infini qui de degré en degré nous attire toujours plus avant dans les zônes de l'inconnu. Tout ce qui est beau, grand et incompréhensible, effusion, dévoûment, bonté, miséricorde, vertu, rayonne aux dernières limites de cet horizon comme un but divin, laissant dans les ténèbres la terre où s'agitent les grossières convoitises. L'amour, qui rend inhabile à tout et inintelligent aux vulgaires intrigues, nous donne l'intelligence des relations supérieures des êtres et l'habileté des politiques les plus consommés dans les événements qui se passent au plus secret des âmes. Un amoureux est un sot pour les créatures qui se meuvent dans les corps ; c'est un frère déjà pour les puissances éthéréennes.

Arlequin était un niais pour Cassandre au milieu des portefeuilles et des cartons, des lettres de change et des protêts ; c'était un esprit pénétrant pour Colombine dans l'atmosphère des sympathies surnaturelles et des alliances suprêmes.

Cette fuite hors du monde ne lui avait permis de rien voir autour de lui ; l'étude des vérités ambiantes lui était jusqu'alors restée étrangère ; aussi la politique lui apparaissait-elle pour la première fois sous ce jour véritable qui frappe bien peu de personnes, parce que bien peu de personnes arrivent à l'âge d'Arlequin sans avoir jamais lu ailleurs que dans les yeux d'une Colombine.

C'est donc là, se dit-il, la sagesse des nations ! L'état sauvage que je croyais, sur la foi du voyageur Robinson, relégué au fond de quelques îles de l'Amérique, est donc répandu encore sur toute la surface du globe. Ce ne sont pas quelques hommes qui pillent, tuent et déchirent isolément quelques-uns de leurs semblables ; ce sont les nations elles-mêmes qui s'arment les unes contre les autres, se massacrent par masses, se démembrent et se dévorent. Au-dessus de toutes les langues qu'elles parlent, de tous les mots trop francs qui fixent chez les citoyens les rapports ordinaires des choses, elles ont une langue supérieure et spéciale aux hommes d'état, dans laquelle les choses même changent de valeur. Cette langue, pleine de significations nouvelles, établit en dehors de la morale des particuliers, qui a son siége dans la conscience de chacun, la morale des états qui n'a son siége nulle part, la conscience publique ne se composant jamais que de ce concours fortuit, anonyme, variable, de toutes les opinions éveillées par les intérêts. Un homme n'a qu'à frapper sur sa poitrine pour savoir qu'il fait mal ; un peuple ne le sait jamais ; un homme a des remords ; un peuple n'en a pas ; car l'homme agissant seul comprend que le mal commis par lui-même est son œuvre, et retombe sur lui-même ; dans une nation le mal étant l'œuvre de tous ne retombe sur personne et cesse d'être une faute pour chacun ; le crime en s'élargissant ne repose plus sur aucun point et laisse les consciences tranquilles.

Les attentats contre la propriété que l'on appelle dans la langue brutale des particuliers, vols, pillages, incendies, prennent dans cette casuistique des nations le nom de prises légitimes , de confiscations légales, d'embargo, de réparation à main armée ; les attentats contre les personnes que l'on appelle dans la première langue, meurtre , guet-à-pens , assassinat , chartre privée, prennent dans la seconde les noms plus scrupuleux de guerres , de démonstration armée , de blocus.

Un homme , pensait encore Arlequin qui se reportait au temps où il n'entendait parler que de débiteurs et de créanciers chez Cassandre , un homme est mon débiteur dans une ville policée ; si j'allais me planter à sa porte, un pistolet à la main pour l'empêcher de sortir et lui interdire toute communication avec ses voisins ; si j'arrêtais ainsi au passage, par la force et la terreur, la viande du boucher, le pain du boulanger, les habits du tailleur, les cartons de la marchande de modes , le linge de la blanchisseuse , et si j'obligeais ainsi toutes les personnes de la maison à mourir de faim et à porter du linge sale ; bien véritablement ce serait là un blocus dans'toutes les règles ; mais les passants me prendraient au collet ; les enfants du quartier crieraient à la folie ; et si je ne figurais pas bientôt parmi les condamnés de la police correctionnelle, je figurerais à coup sûr parmi ceux d'une maison de santé. Ce qui est folie chez un est-il donc sagesse chez tous ?

Il est vrai, continuait Arlequin qui se plaisait à retourner sa pensée et apprenait ainsi à étudier les questions sous tous les aspects , il est vrai que nous avons des tribunaux et que nous devons , sous peine de commettre un crime nous-mêmes, nous adresser à ces tribunaux qui nous font rendre justice ; les peuples n'ont pas de tribunaux ; ils doivent donc se faire justice à eux-mêmes et leurs propres décisions font loi dans leur propre cause.

Et pourquoi, reprenait-il encore après réflexion, les peuples n'institueraient-ils pas aussi au-dessus d'eux-mêmes des tribunaux pour trancher leurs différents, accommoder leurs procès, réprimer leurs fraudes, châtier leurs violences, réprimander les uns, indemniser les autres ? Il suffirait d'un seul de ces tribunaux siégeant alternativement dans une grande ville choisie de gré à gré sur chacun des deux ou trois grands continents du monde pour prévenir bien des embarras, étouffer bien des guerres, remédier à bien des disettes, réparer bien des injustices et faire enfin se resserrer les mains des peuples par-dessus des frontières désarmées ; quand les intérêts des continents eux-mêmes seraient réciproquement en jeu, ces tribunaux ne pourraient-ils se réunir en assemblée générale et statuer ainsi en dernier ressort sur le présent et l'avenir du monde ?

J'ai lu, continuait toujours Arlequin, dans un vieux journal oublié sur le bureau de Cassandre, qu'entre les sciences trop souvent stériles des hommes, il en est une appelée l'économie politique ; le but de cette science est essentiellement humain. Les hommes qui ont travaillé à la fonder, disait-on, et ceux qui travaillent encore à l'élargir se proposent pour mission de résoudre les problèmes de la vie des nations autant qu'il est donné de les résoudre. Equilibrer les ressources et les dépenses des états, faire vivre et prospérer toutes les industries, tous les intérêts côte à côte, de telle sorte que nulle fonction ne nuisant à une autre, toutes se prêtent un mutuel appui ; édifier, développer incessamment la fortune publique sur le bien-être de chacun, tels sont les sujets ordinaires de leurs méditations. Ces hommes se trompent souvent sans doute et quelquefois peut-être l'application de leurs principes a causé plus de mal que de bien ; mais leurs efforts sont louables et quelques essais désastreux ne doivent pas faire condamner une science qui a le bonheur des hommes pour objet. Toutes les sciences hélas ! ne procèdent que par des expériences souvent suivies de la désillusion et du découragement, et aucune ne peut se soustraire à ces conditions.

Cette science, poursuivait Arlequin plongeant de plus en plus dans sa pensée, ne saurait-elle grandir encore, ne saurait-elle découvrir des bases plus solides et plus véritables en s'élargissant de toute la largeur du monde ? Ce ne serait plus la fortune particulière d'un état qu'elle travaillerait à développer, ce serait la fortune entière du globe qu'elle tendrait à augmenter au profit de chaque état. Les hommes qui occuperaient les tribunaux des peuples devraient surtout s'appliquer à cette science ; leur tâche magnifique serait de faire vivre côte à côte tous les peuples, sans divisions, sans luttes, sans haines, de telle sorte qu'aucun ne nuisant à aucun, tous se prêtassent un mutuel secours. Édifier et développer incessamment la fortune du monde sur le bien-être de chaque nation, telle devrait être, pour reprendre les phrases mêmes du journal de Cassandre, les sujets ordinaires de leurs méditations.

Sublime perspective ! La paix partout réalisée ne laissant plus de place sur la terre pour une goutte de sang ! Les traités n'étant plus des trames pleines de ruses, tendues tout exprès pour laisser passer les iniquités et arrêter tous les droits ! La fraternité enfin reine du monde et répandant sur tous ses affections, ses bienfaits, ses secours !..

Arlequin fut interrompu au beau milieu de cette rêverie splendide par un grand bruit qui se fit dans la cale.

XIII.

Une Révolution à fond de cale.

C'étaient les pirates prisonniers oubliés par l'équipage qui se donnaient les distractions d'une guerre civile dans la cave du navire.

L'émeute ne reconnaissait plus ni règles, ni voix, ni chefs. On n'entendait sous les ponts que trépignements, coups de poing, hurlements et blasphêmes; une révolution sociale était en travail à quelques pieds sous l'eau.

Les origines, les causes, la marche, le but, les moyens de cette révolution sous-marine eûssent pu, bien expliqués, servir à développer les origines, les causes, la marche, le but, les moyens de toute révolution de terre ferme. D'abord Arlequin occupé du récit des six jeunes filles, puis de ses combats contre lui-même, de ses inquiétudes, de ses invocations, puis enfin de ses entretiens sur la politique et de ses méditations sur la justice des peuples, avait négligé de faire distribuer aux prisonniers la ration de vivres due à leur appétit. De là les premiers murmures, murmures de tous les mécontentements passés, aiguillonnés par les murmures de faim, et qui prédisposent les esprits à la révolte. Toute agitation civile a pour préliminaires une disette.

Arlequin seul était coupable de cette extrémité; aucun des pirates n'en pouvait rejeter la faute sur son voisin, et cependant ils commencèrent à prendre vis-à-vis les uns des autres la position expectante de gens prêts à s'entre-dévorer; au bout de quelques heures de jeûne, un appétit féroce échangeait des menaces dans tous les yeux. L'estomac, ce foyer de tous les besoins, est aussi quelquefois le club intérieur où viennent discuter toutes les passions.

Les haines, les envies, les rancunes particulières se réveillèrent plus vives chez les prisonniers dans l'oisiveté de la cale et sous une excitation ascétique qui ne leur était pas coutumière.

Quelques lieutenants ambitieux, jaloux depuis longtemps de l'autorité de leur chef, profitèrent de cette recrudescence de tous les mauvais sentiments pour ameuter toutes les colères contre le capitaine.

Ce capitaine, insinuaient-ils, était un traître et un imbécile qui les avait trompés toujours et exploités sans pudeur à son profit unique; ses manœuvres maladroites dans le dernier combat ne s'expliquaient que par la plus noire des trahisons ou la plus inepte des incapacités ; on savait, à n'en pas douter, que plusieurs des canonniers avaient reçu l'ordre de ne tirer qu'à poudre ; quant aux boulets, ils étaient de mauvaise qualité ; le capitaine les avait fait fondre creux par économie ; et voilà pourquoi, contre toute explication plausible, le vaisseau au fond duquel gémissaient par sa faute les pirates n'avait pu être entamé pendant le combat par les décharges tonnantes mais dérisoires de leurs batteries.

L'invraisemblance a mille présomptions à son service ; ces calomnies prirent de la consistance, et l'opposition des lieutenants, longtemps discrète et sournoise, rallia autour d'eux une partie de l'équipage ; des cris éclatèrent bientôt ; car les conspirations qui commencent à voix basse finissent volontiers par des vociférations.

Le capitaine fut bafoué, insulté, vilipendé ; il rossa quelques-uns de ses hommes et fut rossé par quelques autres.

Bon nombre des pirates cependant, choqués de la hauteur nouvelle des lieutenants qui, leur ayant beaucoup promis, ne leur tenaient rien, se rattachèrent au chef qu'ils étaient habitués à respecter et prirent fait et cause pour lui ; deux camps partagèrent alors la cale.

Des deux côtés on discutait beaucoup sur les moyens de sortir de ce piteux état en forçant la prison ; les uns proposaient une fuite à la nage ; il suffisait pour cela de percer les flancs du navire à trois pieds sous l'eau ; les autres proposaient une fuite à force ouverte ; il suffisait pour cela de briser les verrous, d'enfoncer les portes, de crever les plafonds et de massacrer l'équipage d'Arlequin.

Les deux partis ne s'entendaient que pour jouer avec les mêmes injures, traiter réciproquement d'absurdes les plans les mieux conçus, et mettre, de part et d'autre, obstacle à l'exécution lorsque l'heure d'agir était décidée ; le plus souvent ils en venaient aux mains.

Bientôt un troisième parti se forma qui ne voulait ni des lieutenants, ni du capitaine ; un quatrième surgit peu après qui ne savait ce qu'il voulait, et un cinquième suivit qui ne voulait rien du tout ;

ces trois derniers partis n'en formaient à proprement parler qu'un seul ; non pas que les nuances ne se tranchâssent quelquefois vivement dans les discussions, mais elles rentraient souvent les unes dans les autres et se confondaient toujours dans les grandes occasions pour résister aux deux grands partis.

Dès lors il ne fut plus possible de rien résoudre ni de rien entreprendre : l'équilibre révolutionnaire était trouvé.

A quelque temps de là, la porte d'une petite soute aux vivres fut crochetée ; cette soute renfermait un petit baril de vin et quelques quartiers de porc fumé.

Les pirates se précipitèrent à l'envi sur le baril et le jambon : le désordre ne connut plus de bornes ; chacun voulait arriver le premier et saisir la plus grande gorgée et la plus grosse part. Il n'y eut plus alors d'ambitions communes, mais des avidités privées. Ce fut la dernière dissolution des partis. Le pillage remplaça la discussion ; le gaspillage devint la loi économique. Le baril fut défoncé par les plus impatients et les plus ardents se firent des massues avec les quartiers de porc.

C'est à ce moment qu'Arlequin entendit le bruit de la lutte ; il s'informa de ce qui se passait, descendit lui-même à la cale et rétablit l'ordre avec cette autorité toujours obéie que donnait aux moindres de ses paroles la batte merveilleuse sur laquelle il posait le poing comme sur le pommeau d'une épée ; il fit distribuer à chacun des pirates une ration égale de vivres et les confia à la garde d'un gros crabe dont les pinces solides étaient devenues sous la forme de larges mains les arguments les plus capables d'imposer à des mutins.

Ainsi finissent souvent les révolutions par le despotisme d'un vainqueur qui descend on ne sait d'où, par le rationnement des libertés, par la discipline rétablie, alourdie et maintenue par la main d'un garde qui représente la loi du plus fort. Heureuses les révolutions qui dans le plus fort trouvent aussi le plus juste ! Plus

heureuses cependant celles qui sauraient se faire leur loi à elles-
mêmes, si cette sagesse peut leur être donnée !

— Les hommes sont donc partout les mêmes, se dit Arlequin !
Voilà des nations entières en armes sur la mer et prêtes à s'entre-
tuer et voici quelques hommes désarmés qui s'entro-déchirent dans
les ombres de mon vaisseau. Les unes se battent au nom des lois
violées ; les autres passent pour des hommes sans loi. De quel côté
cependant est la folie et la faute ? Mes pirates n'ont-ils pas aussi leur
droit des gens ? Serai-je assez hardi pour les condamner moi-même
et les abandonnerai-je aux sévérités des peuples qui mettent la main
sur mon propre navire au nom de je ne sais quels principes ? Non ,
je leur rendrai une liberté sur laquelle je n'ai aucun droit afin qu'ils
en fassent tel usage que bon leur semblera ; je ne me charge pas de
les faire pendre.

Le soir était venu ; Arlequin pressé d'obéir à sa boussole , résolut
de profiter des ténèbres pour se soustraire aux lois du blocus. Les
grapins furent coupés sans bruit par son ordre , et il fit hisser au
plus grand de ses mâts la plus petite de ses voiles afin de ne pas
éveiller l'attention de l'ennemi.

— O ma marraine , s'écria-t-il alors, faites souffler dans cette voile
un peu du vent qui doit me rapprocher de Colombine.

Un filet de vent s'émut dans les régions supérieures de l'air et vint
enfler la petite voile ; le vaisseau s'éloigna silencieusement et si vite
qu'aucun des navires ennemis n'eut soupçon de sa fuite.

Une demi-heure après Arlequin jetait l'ancre dans le port de
Sétine.

XIV.

Arlequin rend à la Société quelques hommes convertis ; il tente de convertir
les six jeunes filles prisonnières et se croit exposé à un grand péril ; nouvelle de Colombine.

Il ne faisait pas encore jour qu'Arlequin songeait déjà à descendre
au port pour s'enquérir de Colombine ; mais afin de n'être retardé
par rien dans la poursuite des fugitifs, il résolut d'abord de s'ac-
quitter envers les pirates et les six jeunes filles prisonnières des obli-
gations que le hasard lui avait imposées.

Il fit monter les pirates sur le pont et ne crut pouvoir se séparer
d'eux sans leur adresser un petit discours de clémence à la façon des
fonctionnaires publics qui accordent une grâce :

— Messieurs, leur dit-il, félicitez-vous d'être tombés entre les
mains d'un homme qui laisse aux dieux le soin de se venger et aux
hommes le soin de se défendre ; vous allez être libres.

Les pirates tombèrent à genoux sur un signe de leur chef et levèrent les mains au ciel.

Arlequin ému continua : croyez-moi, messieurs : le métier que vous
faites est un métier coupable et dangereux ; jusqu'ici vous avez été
en guerre avec la société ; vous lui avez fait le plus mal que vous
avez pu et la société vous l'a rendu ; je vous sauve de la corde; mais
retenez bien que c'est une nouvelle vie qui vous est ouverte. Vous
allez rentrer dans la société; vos actes passés vous constituent ses
débiteurs ; le devoir de tout homme est de payer ses dettes. La
dette la plus sacrée est celle qui résulte de ce contrat antérieur à
toutes les lois et qui veut que l'on respecte la personne et le bien de
ses semblables.

Sur un nouveau signe de leur chef les pirates étendirent la main et s'écrièrent tous avec l'unanimité d'un chœur d'opéra : — Nous le jurons.

Arlequin comprit ce jour-là qu'il pouvait viser à tous les succès oratoires ; chacune des exclamations des pirates l'enlevait à lui-même ; il se sentait entraîné par la sympathie des auditeurs ; il soufflait son âme dans l'âme des pirates et s'imaginait sérieusement que leurs volontés purifiées remontaient en chœur vers lui. Bien des orateurs ont éprouvé comme Arlequin cet étourdissement de la parole ; les uns ont versé des larmes vertueuses, parce qu'ils croyaient à la vertu de ceux qui les écoutaient ; les autres se sont laissés emporter jusqu'aux dernières limites de l'ironie parce qu'ils ont vu ricaner leurs plaisanteries dans les yeux de quelques mauvais plaisants ; tels autres ont déclamé contre l'esclavage, le monopole, l'exploitation de l'homme par l'homme, parce qu'ils se représentaient un jong sur le cou de leurs auditeurs ou des chaînes s'agitant à leurs bras ; tels autres ont soutenu la légitimité de tous les ordres existants et l'action bienfaisante du pouvoir, parce qu'ils ont vu s'épanouir tous les visages sous la rosée de leurs homélies et la santé et le bien-être descendre sur des joues flétries sous les grâcieuses réverbérations de leurs images ; tels ont fait de l'opposition aux gouvernements parce qu'un jour leur propre indignation a vibré un peu trop longuement dans la poitrine de quelques opprimés dont le ventre s'était arrondi à la bourse dans des opérations plus ou moins avouables ; tels autres ont soutenu les doctrines absolues quand même et contre tous, parce qu'un jour leur sécurité affectée a fait sourire de confiance des ministères et des états-majors ; tels enfin ont fait des révolutions, parce qu'ils se sont laissés prendre aux applaudissements populaires de trois cents comparses apostés par trois ambitieux de sociétés secrètes.

— Mes amis, mes frères, continua Arlequin dont la voix trembla d'émotion, je suis heureux de vous rendre enfin régénérés au monde qui vous tend les bras ; une seule anxiété me serre le cœur au moment où je vais vous quitter ; en est-il quelques uns parmi vous qui attendent leur vie des chances précaires du hasard ? quelques uns à qui la pratique d'un état ne puisse donner, avec la famille et les ressources du travail, la considération et l'aisance? Pour rien au monde je ne voudrais laisser partir celui que l'incapacité ou l'ignorance des fonctions honnêtes forcerait à recourir à des moyens de vivre indignes d'un bon citoyen.

Tous se levèrent et protestèrent de leur art dans les professions manuelles, de leur science dans les carrières libérales, de leur activité dans toutes. Celui-ci était maçon ou serrurier, il ne lui manquait qu'une truelle ou une lime; celui-là avait longtemps pratiqué le commerce, il ne lui manquait qu'un fonds de négoce et un registre d'opérations; un autre était fort au courant des comptabilités de toutes sortes, il ne lui manquait qu'un bureau de banque ou de ministère; celui-ci connaissait tous les codes, ses inclinations naturelles le portaient à défendre la veuve et l'orphelin, il ne lui manquait qu'une robe et des causes à plaider; un autre était écrivain politique, il ne lui fallait qu'un journal pour remuer le monde et faire régner le droit dans tous les États; un autre était sculpteur ou poète, il ne lui fallait qu'un bloc de marbre ou un dictionnaire de rimes.

Arlequin jeta des yeux attendris sur les pirates; cette transformation subite était son œuvre; non seulement il leur donnait de nouveau la vie; il faisait plus encore; il les rendait au devoir et à l'honneur; les hommes se calomnient: le plus avili enveloppe un honnête homme: il suffit pour retourner l'enveloppe d'un mot de clémence ou d'encouragement tombé d'une bouche respectée, d'une main sans tache tendue à une main souillée.

Il fit apporter un sac d'argent sur sur le pont.

— Tenez, dit-il au maçon et au serrurier, voilà pour acheter une truelle et une lime; tenez, dit-il au commerçant, voilà pour le fonds de négoce et le registre d'opérations; au comptable il donna pour solliciter une place dans un bureau de banque ou dans un ministère; à l'avocat pour acheter une robe et courir après des causes; à l'écrivain politique pour fonder un journal; au sculpteur et au poète pour le bloc de marbre et le dictionnaire de rimes.

Les pirates se confondirent en remercîments, et l'orateur de la bande déclara qu'il n'était plus leur vainqueur mais leur libérateur, et que son souvenir siégerait éternellement dans leur mémoire comme un juge dans un tribunal.

Arlequin les congédia et ils sautèrent sur le quai de Sétine avec ces marques de joie et de reconnaissance qui sont la plus douce récompense du bienfait.

Il fit appeler alors les six jeunes filles prisonnières et leur parla de la sorte :

— Mes enfants, je bénis les dieux qui vous ont fait tomber entre mes mains lorsque je songe à quel péril je vous ai arrachées.

Les six jeunes filles s'interrogèrent des yeux et échangèrent des sourires de doute qu'Arlequin prit pour des actions de grâces ; il continua :

— Un autre que moi eut pu abuser de votre confiance ; mais le hasard qui vous mettait sous ma protection, m'imposait des devoirs que je n'eusse voulu trahir à aucun prix.

Les sourires des six jeunes s'aiguisèrent en pointes railleuses ; Arlequin y vit des signes de remercîment et poursuivit :

— Quel était votre sort chez les pirates ? qu'eût-il été chez l'empereur du Cap-Vert ? Je ne puis arrêter ma pensée sur ces tristes images. Oubliez ces terreurs ; vous allez être libres ; l'honneur ne vous permet pas de rester plus longtemps sur mon vaisseau ; les convenances ne me permettent pas de vous garder davantage. Mon désir eut été de vous reconduire moi-même à vos parents ; je ne le puis ; aussi n'est-ce pas sans inquiétude que je me vois forcé de vous abandonner sur le pavé de Sétine. Pour la tranquillité de ma conscience, apprenez-moi ce que vous comptez faire en débarquant.

— Hélas ! cher seigneur, dit la fille du marchand de Bagdad, que voulez-vous que devienne une pauvre fille qui ne sait que danser ?

— Hélas ! cher seigneur, dit la fille du général de Caboul, que voulez-vous que devienne une pauvre fille élevée dans le luxe par une noble dame de Cachemire ?

— Hélas ! cher seigneur, dit la petite chanteuse de Seringapatnam, que voulez-vous que devienne une pauvre fille qui ne sait jouer que de la guitare ?

— Hélas ! cher seigneur, dit la jeune grecque de l'île de Chypre, que voulez que devienne une pauvre fille qui n'a jamais su courir qu'après les pots de confitures et les belles robes ?

— Hélas ! cher seigneur, dit la Circassienne, que voulez-vous que devienne une pauvre fille dénuée de tout et qui fut élevée dans l'espoir de faire un jour une grande fortune ?

— Hélas ! cher seigneur, dit l'esclave du pacha de Caramanie, que voulez-vous que devienne une pauvre fille qui n'a jamais rien su faire de sa vie ?

— Il semble, répliqua Arlequin, que vous vous soyez donné toutes le mot pour répondre de la même façon.

— Hélas ! cher seigneur, reprirent en chœur les jeunes filles, il faut que votre âme soit bien inaccessible aux sentiments humains pour résister à nos prières.

— Mais encore que désirez-vous, demanda Arlequin ?

— Hélas ! cher seigneur, nous oublierions bien vite, moi les danses de Bagdad, moi les chansons de Seringapatnam, moi le luxe de Cachemire, moi les confitures et les belles robes, moi toutes les piastres du monde, si nous avions seulement l'espoir de ne pas nous séparer de vous.

Arlequin se crut de nouveau menacé de garder sur son bord le sérail de l'empereur du Cap-Vert, lui dont toute l'ambition en amour n'avait qu'un objet unique, l'amour de Colombine.

— Mon intention, reprit-il, n'est point de vous laisser débarquer sans vous assurer des alliances honorables ; une bonne dot que j'ai là dans ce sac facilitera vos établissements.

Arlequin jeta les yeux du côté du sac ; le sac avait disparu ; il ne lui vint pas à l'idée que les pirates eussent pû s'en emparer dans les mouvements démonstratifs de leur joie pour fêter leur libération en l'honneur de leur libérateur.

A cette proposition de dot, les six jeunes filles sourirent dans leurs larmes, et leur physionomie vacilla un instant dans cet air moitié égayé, moitié contristé, qui peut faire hésiter les soupçons de l'observateur le plus habile suspendu entre la crainte de prendre la joie tempérée par la décence pour l'humiliation hypocrite, et la crainte de prendre la rougeur de la pudeur pour la rougeur du plaisir.

En ce moment Arlequin aperçut un garde de Sétine sur le quai, et, remettant à plus tard la distribution des dots, il s'élança par-dessus le pont.

—N'avez-vous point vu dans ce pays, demanda-t-il au garde, deux vieillards de fort maigre et chiche apparence en compagnie d'un grand jeune homme blond de figure grave et niaise et d'une jeune fille d'une éclatante beauté ?

Le garde le renvoya à un autre garde, et celui-ci à un autre, si bien qu'Arlequin perdit deux heures avant d'obtenir une réponse.

— Les personnes dont vous parlez, lui dit-on enfin, se sont rembarquées cette nuit même et ont repris la mer.

— Malgré la flotte et le blocus, demanda Arlequin ?

— Malgré la flotte et le blocus. Du reste, le passage est libre maintenant ; le blocus a été levé grâce à l'intervention d'une grande puissance qui vise au protectorat de Sétine.

Ce mot de protectorat était nouveau pour Arlequin, mais il remit à un autre moment à en rechercher la signification et quels étaient d'ordinaire pour une petite nation les avantages du protectorat d'une grande puissance. L'intérêt était pour lui de savoir que Colombine avait quitté Sétine ; il se rappela alors certain renversement brusque de sa boussole pendant la nuit ; nul doute qu'il ne fut passé alors à quelques toises de Colombine.

Il retourna en hâte vers son vaisseau et fit lever l'ancre.

Dans la précipitation de sa fuite, il ne songea aux six jeunes filles et à leur dot que lorsque le vent l'emportait déjà en haute mer.

Les six jeunes filles n'étaient plus sur le vaisseau. Il apprit que

peu après sa descente à Sétine, elles avaient manifesté le désir de
faire une promenade sur le quai ; que là elles avaient été accostées,
par quelques Sétiniens et même par deux ou trois des pirates libérés
et que depuis on ne les avait plus revues.

XV.

Arlequin vogue vers Lampiko ; ses idées sur l'état d'un royaume en pleine
    paix ; de l'accueil que lui firent les habitants de Lampiko et sous quel
    accoutrement il rencontra l'homme le plus raisonnable du pays.

Arlequin fit manœuvrer avec une impatience encouragée par
la certitude de n'être plus séparé de Colombine que par quelques
heures de chemin ; il suivait avec anxiété les moindres déviations de
sa boussole, et, si la mer n'effaçait tout, son passage n'eut pu laisser
de trace sur les flots, le sillage de son vaisseau se confondant exactement avec le sillage du vaisseau de Cassandre.

La boussole le conduisait droit vers le royaume de Lampiko.

Arlequin s'applaudit de naviguer dans cette direction ; il avait
appris à Sétine que le royaume de Lampiko jouissait depuis longtemps d'une paix profonde, que le commerce, l'industrie, les arts,
les finances y prospéraient inaltérablement avec la paix ; et, au
sortir des parages et des continents tourmentés par les divisions, les
déclarations de guerre, les protectorats, au sortir des combats de
mer et des séditions de pirates, il aimait à se représenter, pour reposer
ses yeux, des navires se saluant amicalement dans tous les ports, des
villes toujours ouvertes pour laisser entrer et sortir les richesses du
monde, des rues pleines de foule, des maisons pleines de luxe, des
visages resplendissants de joie, de santé et de sourires, des statues
sur toutes les places, des théâtres et des tribunes à tous les carre-
fours, les grands hommes morts parlant encore ainsi à leurs des-

cendants sur les places, dans le marbre et dans l'airain, les grands hommes vivants parlant à leurs contemporains dans les théâtres et les tribunes. Autour des villes il croyait déjà voir rayonner de grandes routes sablées comme pour transformer en immense jardin les bois et les campagnes, et sur ces routes, des cavaliers et des calèches, de larges charriots criant sous les moissons, et dans ces bois d'actifs et joyeux bûcherons, des couples d'amoureux bénis par le soleil comme on les aime dans les tableaux des peintres, et dans ces campagnes les riches, calmes et réjouissantes bigarrures du vert des prairies, de l'or des blés et de la pourpre des trèfles.

Ces images, sans le distraire de la pensée de Colombine, abrégèrent la traversée ; après quelques jours de bon vent il se trouva en vue de Lampiko.

La ville était bien, comme il se l'était imaginé, ouverte à toutes les richesses du monde ; les vaisseaux entrant et sortant à pleines voiles blanchissaient aux environs du port comme des oiseaux de mer ; la plaine s'étageait, coupée de vallées cultivées et de montagnes boisées.

À mesure qu'on approchait, l'aspect du pays devenait de plus en plus agréable ; on sentait que cet heureux royaume ne devait être habité que par des gens intelligents, laborieux, honnêtes et favorisés des dieux. On ne se demandait pas si le roi qui le gouvernait était sage, appliqué au travail, savant dans la connaissance des hommes ; cela allait sans dire.

Lorsque Arlequin replia ses voiles dans le port, la ville se montra à ses yeux comme elle s'était montrée déjà à son imagination. De larges socles élevaient sur toutes les places des visages en vénération aux passants ; chaque rue avait son théâtre ; quant aux tribunes destinées aux sages, aux orateurs, aux poëtes, aux instituteurs du peuple, il ne les vit nulle part ; mais il apprit bientôt que ces tribunes avaient pour pupitres les tables de marbre des cafés, les tapis verts des estaminets et le comptoir des cabarets.

Il fut moins satisfait de la tournure des habitants ; la plupart portaient au devant d'eux de gros ventres ; leurs yeux étaient mornes, leurs visages hébétés, leur démarche lourde et gauche.

C'est à peine si quelques uns consentirent à répondre à ses questions ; il faillit retomber sous une nouvelle suspicion de démence, lorsqu'il demanda aux premiers qu'il rencontra s'ils n'avaient pas vu passer le matin même deux vieillards de fort maigre et chiche apparence en compagnie d'un grand jeune homme blond de figure grave et niaise, et d'une jeune fille d'une éclatante beauté.

La foule s'ameuta autour de lui, et c'est à grande peine de coudes qu'il parvint à échapper aux quolibets, aux injures et aux éclats de rire; encore fut-il protégé dans cette retraite par une diversion inattendue, opérée par un joueur d'orgues qui passait et qui montrait un singe.

Arlequin prit fort mauvaise opinion d'un peuple assez mal élevé pour se faire un jeu d'un étranger et assez désœuvré pour prendre plaisir aux exercices d'un singe.

Il osait à peine poursuivre ses questions, lorsqu'il fit la rencontre d'un homme bizarrement vêtu d'habits de différentes couleurs, coiffé d'un chapeau fantasquement orné de rubans et de pendeloques et qu'une bande d'enfants poursuivait en criant : oh ! le fou ! le fou !

Les enfants s'étant arrêtés à regarder le singe du joueur d'orgues et à crier vive l'empereur! parce que le singe portait un chapeau à cornes assez semblable à celui d'un empereur en grande mémoire dans ce pays, Arlequin s'approcha de l'homme oublié comme lui pour le singe, et lui répéta sa question.

L'homme aux pendeloques s'arrêta, le salua poliment et lui dit : je reconnais, monsieur, que vous êtes étranger, et à ce titre vous avez droit à tous les égards et surtout aux miens ; car je suis étranger comme vous et je viens d'un pays très lointain ; veuillez donc me croire à votre disposition, monsieur, et vous servir de moi dans tout ce qui pourra vous être utile ; je n'ai point rencontré les personnes dont vous parlez ; mais s'il vous convient de vous fier à l'intérêt que vous m'inspirez déjà, j'espère que nous pourrons arriver à des renseignements certains sur ce que vous désirez savoir.

Arlequin restait confondu de la politesse, du bon sens et de l'air de raison de cet homme bariolé de rubans comme pour une fête grotesque, lui qui venait d'être rudoyé, maltraité et raillé par des hommes lugubrement vêtus qui s'amusaient à regarder des singes.

Je craindrais, répondit-il, de vous être à charge, et cependant si vous saviez de quel intérêt sont pour moi les recherches que je poursuis depuis longtemps déjà sur terre et sur mer, je ne doute pas que vous ne me rendiez avec joie le service que votre obligeance veut bien m'offrir.

— Cela me suffit, dit l'homme aux pendeloques ; venez avec moi.

XVI.

Où Arlequin apprend à connaître davantage les habitants de Lampiko, leur régime politique, leur caractère et leurs mœurs ; de l'empire des balivernes à Lampiko.

Arlequin suivit l'homme aux pendeloques.

— La direction qu'il nous faut prendre dans les recherches qui vous intéressent, dit ce dernier, mérite réflexion ; car ce n'est pas petite affaire de démêler sur un signalement, si exact qu'il soit, quatre figures dans un pays où ce signalement peut s'appliquer à tant de visages. Une aiguille déguiserait moins facilement sa marche dans une botte de foin que les étrangers ne perdent leur trace à Lampiko. Cette sécurité de l'incognito a fait depuis peu de cette ville l'asile le plus sûr de tous les vagabonds du monde ; vous ne pouviez vous adresser mieux qu'à moi cependant pour mener à fin vos voyages ; j'ai pour les découvertes un instinct de divination qui n'a pas encore été en défaut ; et, contrairement à l'usage de ce pays, quand j'engage ma parole, je la tiens. Interrogeons d'abord les grandes voix de la publicité.

7

— Qu'appelez-vous ainsi, dit Arlequin?

— C'est une très-mauvaise périphrase, dont je vous demande pardon de m'être servi, et que l'on emploie fréquemment dans ce pays pour désigner les journaux.

— Les journaux s'occupent-ils donc de tous les étrangers qui débarquent à Lampiko?

— De tous, non; mais de ceux de marque et quelquefois même des petits, pendant les vacances des chambres et des tribunaux et lorsque les ambitions, les haines, les systèmes, les vanités politiques font trêve un instant à l'éternel jeu de barres qui se joue dans les colonnes imprimées.

L'homme aux pendeloques entraîna Arlequin dans le premier café qu'ils trouvèrent en chemin.

Le café était plein; autour des guéridons de marbre se pressait une foule silencieuse; à peine quelques conversations à voix basse rapprochaient-elles çà et là davantage quelques figures au-dessus d'une même table. La plupart de ces figures semblaient porter le poids de la réflexion et des soucis. De ceux dont ces figures étaient les masques, les uns tenaient entre leurs mains de grands carrés de papier noirs d'encre et paraissaient profondément plongés dans l'étude de ces feuilles; les autres, la tête renversée contre les murs dans l'attitude de la méditation, jouaient avec leurs doigts sur le marbre comme pour tirer d'un clavecin insensible des notes qu'on n'entendait pas; d'autres enfin recherchaient avec un froncement sévère de sourcils la solution de problèmes qu'ils posaient à l'aide de petits morceaux d'ivoire marqués de différents points.

Arlequin s'imagina entrer dans une assemblée de sages.

— Nous ne pourrons rien apprendre aujourd'hui par les journaux, dit l'homme aux pendeloques après avoir jeté un coup d'œil sur un des grands carrés de papiers. Séances tumultueuses dans les deux chambres, condamnations pour meurtre et empoisonnement, bulletin de la bourse, critique des théâtres, courses de chevaux, annonce d'une grande loterie; il ne peut y avoir place pour vos voyageurs dans cette trompette bossuée que la Renommée avant de mourir a léguée à la Publicité, son héritière.

— Si nous questionnions ces philosophes, demanda Arlequin?

— Qu'appelez-vous des philosophes, dit l'homme aux pendeloques?

— Tous ces personnages graves qui lisent, méditent et travaillent avec tant d'attention, de dignité et d'application.

— L'homme aux pendeloques se mit à rire.

— Ces personnages sont les cervelles les plus folles, les plus creuses et les plus désœuvrées du pays.

— Comment ! ces lecteurs studieux, dont l'esprit semble se perdre si sérieusement dans les grandes feuilles qu'ils déploient devant eux?

— Perdent très sérieusement l'esprit sur les balivernes les plus sottes du monde.

— Ces rêveurs, illuminés par les rayons de l'inspiration, dont les doigts semblent diriger un orchestre invisible et qui méditent si religieusement la tête renversée contre les murs ?

— Méditent sur les mêmes balivernes.

— Ceux qui discutent si posément entre eux ?

— Discutent encore sur ces balivernes.

— Ceux qui travaillent avec tant de persévérance à résoudre des problèmes sur de petits morceaux d'ivoire ?

— Ah! ceux-là sont les plus fous de tous ou les plus sages si l'on veut ; les problèmes qu'ils sont occupés à résoudre composent une science qui a pour nom : le jeu de dominos. Les hommes qui s'appliquent à cette science sont en général très inférieurs, mais quelquefois aussi très supérieurs à leurs concitoyens. Les uns n'ont jamais pu s'élever à la hauteur des balivernes qui servent de thème courant aux intelligences du pays, les autres, mais c'est le petit nombre, sont parvenus, par une force bien rare, à surmonter ces balivernes et à les dédaigner.

— Et quelles sont ces balivernes, demanda Arlequin, qui oubliait un instant Colombine pour donner satisfaction à sa curiosité de touriste ?

— Il y en a de plusieurs sortes; mais les principales sont la politique, les sciences, la littérature; faites graviter autour de ces balivernes les ambitions des administrateurs, les vanités des savants et les glorioles des poètes, et vous aurez une idée assez juste du peuple de Lampiko.

— Mais tout le monde n'est pas sans doute administrateur, savant et poète à Lampiko?

— Pardonnez-moi; si tous ne le sont pas, tous aspirent à l'être; et, depuis quelque temps même, la plupart se croient bien sincèrement et tout à la fois administrateurs, savants et poètes de naissance.

— Où ces belles imaginations les conduiront-elles?

— A faire une révolution nouvelle comme ils en ont déjà fait trois ou quatre.

— Le gouvernement de Lampiko prête donc le flanc à bien des attaques?

— Oui et non; il a du bon et du mauvais comme tous les gouvernements; et, à la rigueur on pourrait s'en accommoder en y remettant à neuf çà et là et de temps en temps quelques pièces; mais les habitants de Lampiko ont pour habitude de changer régulièrement de régimes tous les douze ou quinze ans. Quand l'expiration de ce délai approche, le système qui les gouverne leur devient insoutenable; ce ne sont plus alors que cris, conspirations, déclamations, émeutes, jusqu'à ce qu'ils l'aient renversé; il est vrai qu'ils crient, conspirent, déclament et s'émeutent bien davantage encore contre le système qui succède; mais satisfaction a été donné aux esprits, et si les esprits se remettent en marche en sens inverse, ce n'est que pour arriver à une satisfaction nouvelle; ce qui fait que, de satisfaction en satisfaction, les habitants de Lampiko en viendront bientôt à les épuiser toutes et à ne plus savoir se contenter de rien.

— Mais, reprit Arlequin, comment trouve-t-on dans ce pays des hommes assez dévoués pour consentir à administrer à de pareilles conditions?

— Je vous ai déjà dit que tous les habitants de Lampiko étaient administrateurs de naissance; la plupart des révolutions ne s'accomplissent même que pour substituer dans tous les services publics les premiers venus aux derniers venus , c'est-à-dire les administrateurs sans place aux administrateurs en place.

XVII.

SUITE DU PRÉCÉDENT.

— Mais, reprenait encore Arlequin, lorsque le pays est dans un état de prospérité satisfaisant, comme aujourd'hui, par exemple , quand les champs fournissent assez de blé et de bestiaux pour la nourriture des habitants, le paiement des fermages et des impôts, la tranquillité des villes et l'aisance des campagnes ; quand toutes les industries marchent ; quand les lois fonctionnent également pour tous, comme je suppose qu'elles fonctionnent à Lampiko ; quel peut être le prétexte des révolutions ?

— La hauteur d'un ministre, la corruption administrative, l'entêtement d'un roi.

— Vos ministres sont donc bien fiers ?

— Pas plus que ceux qui leur succéderont.

— Votre corruption administrative est donc bien grande ?

— Moindre que celle qu'on tentera de lui substituer.

— Votre roi bien entêté ?

— C'est le meilleur homme du monde et le plus facile.

— Mais encore que lui reproche-t-on ?

— Tout.

— Et quels sont ceux qui croient aux accusations ?

— Tous.

— Et qu'a-t-il fait depuis qu'il règne ?

— Peu de chose, mais mieux que rien.

— Comment ?

— Il a laissé vivre chacun selon sa guise ; il a protégé les personnes ; favorisé le commerce ; respecté les lois et les usages, et gardé soigneusement pour lui la liberté qu'il respectait chez les autres.

— Bien des peuples, ce me semble, s'estimeraient heureux de gémir sous cette tyrannie.

— Je le crois ; mais il ne s'agit ici que du peuple de Lampiko, et le peuple de Lampiko n'attend qu'une occasion pour renverser son roi : et, tenez, la révolution approche.

Arlequin regarda autour de lui et n'aperçut aucun mouvement dans le café qui pût faire craindre une manifestation quelconque de l'opinion publique ; ce ne fut qu'après avoir décrit un long cercle que ses yeux s'abaissèrent sur le doigt de l'homme aux pendeloques, posé sur un petit journal.

L'indignation portait sur une chanson dans laquelle un pamphlétaire à un sou la ligne avait rassemblé tous les crimes du roi de Lampiko.

— Où voyez-vous votre révolution, dit Arlequin.

Dans ces vers, dit l'homme aux pendeloques. Et l'homme aux pendeloques se mit à chanter à demi-voix sur un air connu :

Le roi de Lampiko. (1)

Pourquoi donc a-t-on tant sonné,
Disait une commère ?

---

(1) Il n'est pas nécessaire de dire qu'aucune allusion récente ne doit être cherchée dans ces vers ainsi qu'on s'en convaincra, du reste, en les lisant ; notre critique peut porter sur les événements, non sur les personnes.

Ah ! Mahomet nous a donné
   Un beau prince, ma chère,
Lorsqu'il naquit, l'Etat fit tant
Que son peuple fut au comptant
     Content.
Ah! ah! ah! ah! oh! oh! oh! oh!
Heureux peuple de Lampiko!
    Oh! oh!

Depuis qu'au trône il est monté
   Son esprit nous étonne ;
Après boire, mise en gaîté,
   Sa majesté détonne ;
Il fume du vrai Tabago ;
Il entretient presqu'à gogo
    Margo.
Ah ! ah ! ah ! ah! oh! oh! oh ! oh !
Et brille dans le fandango!
    Oh! oh!

Pleins d'allégresse à Lampiko
   Ses sujets le reçurent ;
Un roi leur arrivait franco,
   Ou du moins ils le crurent,
Pour trouver un roi bon marché
Un vieux sage a longtemps marché,
   Marché ;
Ah ! ah! ah! ah! oh! oh! oh ! oh!
Maintenant il cherche au Congo!
    Oh! oh!

Certain cri d'à-bas les abus !
   Pourtant se fit entendre :

— Voilà, dit le prince, un rebus
    Que je ne puis comprendre ;
Je le crois bien, par la corbleu !
Car je n'appris en aucun lieu
        L'hébreu.
Ah ! ah ! ah ! ah ! oh ! oh ! oh ! oh !
De ce mot la cour fut l'écho.
        Oh ! oh !

Pour maintenir dans le devoir
    Tout ce peuple qui grouille,
Son ministre a le plein pouvoir
    D'augmenter sa patrouille.
Ce nouveau petit potentat
Rêverait-il quelque attentat
        D'Etat ?
Ah ! ah ! ah ! ah ! oh ! oh ! oh ! oh !
Pauvre prince de Lampiko !
        Oh ! oh !

— Mais je ne vois pas dans tout cela de quoi fouetter un chat, reprit Arlequin, et, si je ne me trompe, il existe quelque part sur un sujet à peu près semblable et sur le même air une chanson beaucoup meilleure que celle-ci.

— Il y a de quoi renverser un roi beaucoup plus fort que le roi de Lampiko, répondit l'homme aux pendeloques ; quant à la chanson dont vous parlez, si elle n'existait pas, elle devrait exister. Nos poètes, qui se piquent tous les jours d'invention, ne font tous les jours que répéter sur de nouvelles rimes ce qu'ont déjà dit les autres peuples et ce qu'ils ont dit eux-mêmes.

L'homme aux pendeloques se leva en achevant ces mots et proposa à Arlequin de le mener dans quelques lieux fréquentés de la ville où

le hasard et la curiosité devaient nécessairement conduire tous les
voyageurs qui abordaient à Lampiko.

Arlequin accepta cet offre avec empressement, car il se reprochait
déjà le temps perdu dans cette conversation pour la poursuite de
Colombine.

XVIII.

Une séance à la chambre basse de Lampiko ; balivernes politiques.

Une discussion très vive devait s'engager ce jour-là dans une des
chambres de Lampiko sur une question qui divisait depuis longtemps
les esprits ; dans ces circonstances on ne pouvait pénétrer que très
difficilement dans les tribunes réservées aux curieux ; les places
étaient données d'avance à l'aide de cartes dont les députés, les
ministres, les ambassadeurs faisaient largesse à quelques privilégiés ;
le public sans cartes stationnait quelquefois depuis l'aube du jour et
souvent plus tôt à la porte du palais pour en attendre l'ouverture. Les
plus empressés s'efforçaient d'arriver les premiers pour acquérir le
droit d'entrer avant les autres ; ceux qui venaient ensuite se plaçaient
derrière eux et ainsi de suite ; la file des curieux s'allongeait d'heure
en heure et formait ce qu'on appelle à Lampiko une queue. Il y
avait déjà douze ou quatorze heures que la foule attendait à la porte
du palais ; car, quelle que soit l'importance des affaires, jamais les
députés de Lampiko n'arrivent que fort avant dans l'après-midi.
Arlequin jugea par la longueur de cette queue de l'intérêt qu'atta-
chaient à la confection de leurs lois les habitants de Lampiko.

— Vous verrez de semblables queues partout dans ce pays, dit
l'homme aux pendeloques ; ces queues se forment tantôt dans un
lieu, tantôt dans un autre ; aujourd'hui ce sera devant une baraque
de toile, demain sous un péristyle de marbre, selon que la vogue sera

aux marionnettes ou à la tragédie ; aujourd'hui sur le passage d'un bœuf qu'on va tuer, demain sur le passage d'un prince qu'on applaudit, selon qu'il s'agira d'une fête de carnaval ou d'un exercice militaire. Le hasard veut qu'il n'y ait maintenant ni bœuf gras ni prince en faveur ; le peuple de Lampiko va se battre à coups de coudes pour voir faire ses lois, et cette curiosité est d'autant mieux justifiée qu'il entrevoit déjà le moment où il se battra à coups de fusil pour les défaire.

L'homme aux pendeloques et Arlequin parvinrent à prendre place dans la queue moyennant deux pièces d'argent données à deux des premiers arrivés.

— C'est ainsi qu'on fait métier de tout à Lampiko, dit le guide d'Arlequin ; le commerce des places, depuis celles qui se vendent dix sous à la porte des théâtres jusqu'à celles qui s'achètent par des services réels dans les ministères, fait vivre beaucoup de monde.

Bientôt la porte du palais s'ouvrit ; les deux nouveaux amis se trouvèrent poussés des premiers sur le devant d'une tribune ; un coup-d'œil suffit à un amoureux pour reconnaître quelque part que ce soit l'absence de sa maîtresse ; Colombine n'était pas dans la salle, mais la foule qui s'était grossie derrière Arlequin mettait obstacle à sa retraite ; déjà les orateurs parlaient, et force fut à l'amant préoccupé de Colombine de s'initier malgré lui aux grandes agitations politiques de Lampiko.

Les orateurs qui se succédaient se combattaient avec acharnement. Malgré la diversité de leurs opinions, de leur langage, de leurs accents, une certaine discipline cependant semblait en faire les tirailleurs de deux armées en présence ; quand un orateur avait dit blanc, un autre venait qui disait noir, et à celui qui disait noir un autre immédiatement répondait blanc. Le sauvage le moins civilisé et le plus étranger aux habitudes parlementaires aurait reconnu bien vite que la chambre était divisée en deux camps et qu'un mot d'ordre était donné de part et d'autre.

Arlequin apprit en effet de son guide que de temps immémorial les affaires de Lampiko étaient tiraillées en sens inverse par deux partis dont l'un s'appelait le parti de l'opposition et l'autre le parti ministériel ; chacun de ces partis menaçait ainsi à chaque instant d'emporter de son côté un morceau de l'étoffe, en la déchirant par le milieu.

Il s'agissait de décider dans la séance présente si l'on devait, sous des peines prévues, se servir d'éteignoir pour éteindre les bougies ou s'il était loisible à chacun de les souffler.

Jamais question plus importante n'avait soulevé plus de passions à Lampiko : une vieille tradition, transmise fidèlement de père en fils, voulait que le pays de Lampiko fût par excellence et sur tous les autres pays, le foyer des lumières, et cette tradition, religieusement acceptée, donnait lieu depuis plusieurs siècles aux vanités nationales, aux emphases patriotiques et aux métaphores de rhétorique les plus extravagantes.

Cette question des bougies avait mis le feu dans toutes les têtes. L'opposition s'en était emparée comme d'une machine de siége pour battre en brèche le ministère ; le ministère en avait fait une question de cabinet ; le pays attendait avec anxiété.

Les ministres, et avec eux le parti des conservateurs, soutenaient que l'éteignoir ayant servi de tout temps aux chandelles, devait servir encore aux bougies, dont l'usage était devenu commun depuis peu : — Les hommes dévoués à la défense de la société, disaient-ils, ne révoquent nullement en doute les avantages du progrès dont cette amélioration dans l'éclairage est la marque certaine ; mais on ment à la sagesse des aïeux, on met en péril de gaîté de cœur les dernières institutions, on retire au toit domestique la suprême sauvegarde contre l'incendie en repoussant définitivement cet emploi de l'éteignoir, consacré par l'expérience de tant de générations.

L'opposition répondait que l'acceptation du progrès obligeait à l'acceptation de toutes les conséquences du progrès ; que les bougies n'avaient pas été substituées aux chandelles uniquement pour remplacer de la graisse grossière appelée suif par de la graisse un peu

plus raffinée appelée cire, mais pour mettre un terme aux dérange-
ments incommodes des mouchettes et de l'éteignoir.

Le ministère passait condamnation pour les mouchettes, mais
tenait bon pour l'éteignoir.

L'opposition, qui se sentait soutenue par l'opinion publique, ne
démordait pas de ses prétentions : — Ne revenons pas sur les
conquêtes accomplies, s'écria un orateur, et ne nous arrêtons pas en
chemin ; si les mouchettes, appliqués aux bougies, ont mérité depuis
longtemps notre réprobation, gloire en soit à nos pères qui ont in-
troduit avant nous cette sage réforme dans les usages ! Craignons,
messieurs, que l'éteignoir ne nous livre à la dérision de l'avenir :
soyons dignes de nos pères pour que nos enfants soient dignes de
nous.

Malgré cette vigoureuse péroraison, la loi proposée subit de si
nombreux amendements, que l'éteignoir y conserva tous ses droits.
La question de cabinet avait rallié autour du ministère l'arrière-ban
des conservateurs douteux.

— Il en est ainsi chaque fois, dit l'homme aux pendeloques à Arlequin ; cette partie de la chambre, qui soutient le ministère, est gou-
vernée exclusivement par la crainte et croit le salut du pays attaché
à deux ou trois hommes qui se disent indispensables.

— Cette loi, dit Arlequin, n'est pas de nature à irriter les partis ;
si je ne me trompe, toutes les opinions y ont fait entrer un paragra-
phe, et j'ai remarqué avec plaisir des concessions réciproques propres
à contenter un peu tout le monde.

—Cette loi n'est pas au bout de ses transformations, reprit l'homme
aux pendeloques ; elle doit encore passer par deux épreuves, la déli-
bération de la chambre haute qui la repoussera tout net comme trop
avancée, et la sanction royale qui, bien certainement, n'aura pas à
s'exercer, car le dernier aveuglement peut seul cacher à ce peuple
l'abîme vers lequel il court, et dans six mois d'ici nous ne savons
guères où seront la chambre haute, la chambre basse et le roi
de Lampiko.

L'homme aux pendeloques et Arlequin sortirent alors de leur tribune, laissant l'Assemblée en proie à la plus vive agitation.

XIX.

Une séance à l'Académie des Inscriptions de Lampiko ; baliverges scientifiques
et littéraires.

Les deux nouveaux amis se dirigèrent vers un grand édifice d'aspect sombre et triste ; les portes de cet édifice, toutes larges ouvertes, semblaient inviter les passants à entrer ; il est vrai que la cour intérieure, plus sombre et plus triste encore que la façade, inspirait suffisamment l'envie contraire à cette invitation.

Arlequin demanda si ce n'était pas là le palais de l'ennui.

— C'est le palais de l'Institut, lui répondit l'homme aux pendeloques.

— Qu'entendez-vous par ce mot tout court d'Institut, répliqua Arlequin, plus curieux qu'il ne convenait peut-être à un amoureux en quête de sa maîtresse ?

— On appelle Institut la réunion de toutes les académies du royaume, et, par une application particulière à cet édifice, le lieu où ces académies tiennent leurs séances ; l'académie des Inscriptions et Belles-Lettres de Lampiko s'est assemblée aujourd'hui publiquement pour entendre la communication d'un Mémoire important dont l'auteur est un savant très célèbre ; l'élite des habitants et des étrangers s'est donnée rendez-vous à cette solennité, comme disent les immortels.

— Les dieux s'occupent-ils donc de l'Institut de Lampiko ?

— Fort peu, je l'imagine et je l'espère pour le respect qu'on leur doit ; quand je parle d'immortels, il ne s'agit pas des dieux, mais des membres même des académies qui se sont décernés eux-mêmes ce titre.

— Leurs travaux les en rendent dignes sans doute ?

— Vous allez en juger ; le portrait que vous m'avez fait de votre duc Lelio, du Docteur et de Cassandre m'autorise à chercher ici ces personnages ; pour peu que les malheureux se soient ingéniés de distraire votre maîtresse par les curiosités de Lampiko, ainsi que cela est de rigueur chez tous les fiancés, chez tous les Docteurs et chez tous les pères en voyage, ils n'auront pas craint de lui infliger le dernier des supplices pour une honnête fille en la traînant derrière eux à l'Institut de Lampiko. Entrons donc , et, tout en poursuivant les ravisseurs de votre amie, vous pourrez examiner nos immortels.

Arlequin savait que l'on devait tout attendre de trois hommes comme le duc, le Docteur et Cassandre ; il suivit l'homme aux pendeloques et se trouva en présence des académiciens de Lampiko.

Ses yeux se portèrent d'abord au fond de la salle sur des vieillards fort laids, couverts d'habits brodés et de palmes.

— Ce sont les immortels, souffla l'homme aux pendeloques ; vous les reconnaîtrez sans peine aux chamarrures qui les distinguent de l'auditoire, mais mieux encore à cette laideur particulière que la nature de leurs travaux et la satisfaction qu'ils en tirent impriment sur leur figure ; les habitants de Lampiko les plus disgraciés se carrent et relèvent la tête avec fierté lorsqu'ils comparent leurs irrégularités physiques aux proportions naturelles des savants les mieux partagés.

Arlequin n'écoutait plus ; il inspectait scrupuleusement parmi les spectateurs les visages féminins abrités par des chapeaux ornés de rubans et de fleurs dont l'élégance fraîche ou fanée accusait chez celles qui les portaient des habitudes ou des conditions différentes.

— Les chapeaux fanés, reprit l'homme aux pendeloques, qui devina les réflexions d'Arlequin, compriment les aspirations transmondaines, les pensées et les élucubrations transcendentales des mille Bas-Bleus de Lampiko ; les chapeaux où s'épanouissent les fleurs et les rubans comme au sortir d'une création nouvelle de soie et de dentelle, servent de nids aux malicieuses coquetteries, aux boutades spirituelles, aux fantaisies imprévues des mille plus méchantes, plus spirituelles et plus fantasques femmes de la ville où l'on trouve, dit-on, le plus d'esprit, le plus de méchanceté et le plus de caprice.

Arlequin ouvrait de grands yeux.

— Les Bas-Bleus, continua l'homme aux pendeloques, ont tiré cette qualification d'une langue étrangère ; le mot est resté, quoiqu'il ne signifie plus rien chez nous. Les Bas-Bleus sont des femmes qui passent leur vie à aligner très régulièrement des rimes très misérables, tout en menant très misérablement une vie très peu régulière. Leur place recherchée est dans toutes les réunions où l'on traite de politique, de science ou de littérature ; quant aux femmes d'esprit qui portent des fleurs fraîches, elles viennent ici, un peu pour voir et se faire voir, et beaucoup parce que tout ce qu'elles ne peuvent comprendre a de l'attrait pour elles. C'est un travers commun à toutes les femmes, mais qui sied à celles-ci, autant qu'il déplaît chez les premières.

L'homme aux pendeloques entra dans quelques explications sur l'auditoire masculin : quelques savants de profession, quelques aspirants à l'Institut, quelques octogénaires maniaques et quelques jeunes gens amenés de gré ou de force par les chapeaux frais ou fanés, composaient, sauf exception, le total de cet auditoire.

Arlequin n'ayant pu pénétrer bien avant dans la salle déjà pleine, ne reconnaissait les visages cachés par ces chapeaux que lorsqu'un mouvement quelconque les faisait se détourner vers lui. L'étude qu'il était obligé d'en faire le retint jusqu'au moment où l'auteur de la communication importante se leva.

C'était un vieux savant sec, ridé et blanchi dans mille travaux qui eussent fait sourire la sagesse de cet âge où le problème le plus sérieux est de répondre par cinq billes au camarade qui a dit pair et par quatre à celui qui a dit non.

XX.

Suite du précédent ; discours d'un savant de Lampiko ; avis judicieux de
l'homme aux pendeloques.

« Messieurs, dit-il,

» Le premier livre d'une nation doit être le dictionnaire de sa
» langue, ce qui veut dire, selon nous : 1° le glossaire explicatif de la
» signification chorographique des noms propres des villes, bourgs,
» villages, hameaux, annexes, fermes isolées, écarts et autres loca-
» lités, de la dépendance territoriale du royaume ; 2° l'exposition
» philosophique, métaphysique, alphabétique et généalogique des
» idées, images, imaginations, croyances, volontés, sentiments et
» sensations du domaine intellectuel, moral et physiologique de la
» nation ; 3° enfin le résumé traditionnel, quintessencié et syllabi-
» quement concentré, des événements, guerres, massacres, révolu-
» tions, meurtres, couronnements, famines et pestes remarquables
» depuis l'agglomération organique du peuple en corps civilisé.
» Toute langue contient donc dans la symbolique, hyéroglyphique
» et psychagogique disposition des consonnes et des voyelles trois
» branches de la science encyclopédique : 1° la géographie clima-
» térique ; 2° la morale endémique ; 2ª l'histoire ethnique du
» peuple, dont l'intonation phonique soumet ces voyelles à ces
» consonnes.
» Nos efforts constants, Messieurs, doivent tendre à faire percer à
» ces trois branches scientifiques l'écorce grossière des mots. Deux
» de ces branches prennent naissance dans le même bourgeon ; l'une
» est la géographique, l'autre l'historique : ce sont ces branches dont
» nous avons pressé d'abord le développement. »
Le savant s'arrêta sur ces mots pour attendre l'effet de cette expo-

sition métaphorique. Un sourire d'approbation courut en effet sur
tous les visages féminins abrités par les chapeaux fanés que l'homme
aux pendeloques donnait pour enseigne à la littérature bleue.

« Vous dirai-je, Messieurs, poursuivit-il lorsque sa vanité se fut
» suffisamment rassasiée de ce sourire, vous dirai-je par combien
» d'examens de lieux, par combien d'inspections de ruines, par com-
» bien d'indices et d'inductions, par combien de bruits populaires
» recueillis, par combien d'analyses et de recompositions je suis par-
» venu à remonter au sens premier des mots pour retrouver
» ensuite, en redescendant le cours des âges, les souvenirs et les dé-
» pôts sacrés qui se sont incrustés en le compliquant dans le sens de
» ces mots ? »

Il attendit de nouveau un instant et reprit :

« Non, je ne vous le dirai pas, mais vous le comprendrez si vous vous
» demandez comment en effet, sans le secours de la légende nationale,
» cantonale et communale, philosophiquement étymologisée du pays
» encore si peu connu de Lampiko et sans la science statistico-
» monumentale de tous les lieux spécialement explorés et inventoriés
» archéologiquement, il serait possible de constater aujourd'hui, à
» défaut de livres existants qui puissent nous en instruire, ce que
» c'étaient au vrai que la constitution politique, les institutions publi-
» ques, la forme ou la nature du gouvernement, la police, les mœurs,
» les usages et la religion des primitifs habitants de notre pays, l'ori-
» gine de leur nom national, etc. »

Une nouvelle suspension du savant permit aux auditeurs de peser
dans leur mémoire chacun de ces mots, qui résumaient les labeurs
de plusieurs nuits.

» Un premier exemple, Messieurs, et qui restera sans réplique :
» d'où vient le nom même de Lampiko, et qui le savait avant les
» illuminations de nos travaux ? Lampiko, Messieurs, cette étymo-
» logie est désormais acquise à la science, est formé de deux mots
» étrangers, dont l'un *Lampas* signifie lampe et l'autre *Iecius* dont on
» fait *Iko*, est le nom d'un port où César, un grand empereur des

9

» temps passés, s'embarqua, dit-on, pour les îles du nord. Lampiko
» est donc, à proprement parler, le port qui envoie la lumière ; et
» cette origine linguistique se trouve justifiée par toutes nos vieilles
» traditions. »

Le savant avait su toucher la corde nationale de l'auditoire, et
cette corde résonna quelque temps en murmures et en chuchotte-
ments qui valaient des félicitations.

« Descendrai-je des généralités synthétiques aux particularités
» analytiques ? de maximo ad minimum ? »

Il s'arrêta de nouveau comme pour saisir un signe d'acquies-
cement, inévitablement marqué sur tous les visages en vertu de ce
proverbe : qui ne dit mot consent. Il continua :

« Vous parlerai-je de la plus petite des ruelles de cette grande
» ville ? Qui ne connaît parmi vous la rue du *Hocquet* ? Mais d'où
» vient ce nom, Messieurs, si ce n'est des *hoes*, crochets ou grapins
» recourbés qui conduisaient au trépas par cette rue les malheureux
» condamnés au supplice et que l'on renversait d'un coup dans le
» mollet ou la cuisse (d'où tant de lieux appelés encore Frette-molle
» et Frette-cuisse ?) Vous parlerai-je des lieux nommés Brebières
» ou Ovions, Agnières Beleuses, Béloy, Béhen et Beh-en-court,
» du cri tremblant des brebis, bèh !!! qui vivifient les fermes ?
» Tant les choses s'expliquent et se touchent dans le domaine des
» étymologies ? »

Une pause nouvelle ayant laissé pénétrer dans les esprits la pointe
de ces interrogations, l'orateur se redressa pour jeter fièrement cet
apophthegme :

« Telles sont, Messieurs, les figures hyperboliques et singulières,
» mais à traduire inévitablement par quiconque voudra, épuisant
» cette matière, ne laisser sans explication aucun lieu, aucun champ,
» aucun débris des âges. Ce chaos scientifique, dont nous tirerons la
» lumière, ne sera donc que l'abécédaire épineux où trébuchera
» définitivement la fausse science des érudits bouffons qui font rire
» les vrais savants quand leur imagination se figure des fournées

» de briques cuites autrefois à *Briquemenil*, mot qui, congrument
» orthographié, nous rend *B-ric-menil*, c'est-à-dire *Bardas-riche
» manoir* comme le village de *Rigauville* est *Riche-Gui-village* ou
» *Ri-beau-cour* le *Riche-Bianum-Cortis*. »

Cette fois l'orateur, comptant sur l'impression durable de cette
période dans les esprits, déposa son manuscrit sur la tribune
pour avaler longuement un verre d'eau sucré. Une légère rumeur
d'admiration s'étant élevée en effet dans la salle, il attendit un instant
pour reprendre sa lecture :

« Je vous ai parlé tout à l'heure, continua-t-il d'une voix rafraî-
» chie, de supplices et de condamnations ; nous n'avons pu décou-
» vrir nulle part aucun texte des sentences criminelles, mais des
» fouilles, poursuivies consciencieusement et sans relâche sur tous
» les points du royaume, nous ont fourni les moyens de reconstruire
» les dispositifs de plusieurs sentences civiles ; ces sentences étaient
» remises aux impétrants, moyennant un quarteron d'œufs compté
» ou un boisseau de pois, versé pour tous dépens du jugement,
» gravé en vers grecs sybillins, contournés sur des os sciés partron
» çons et enfilés dans le jonc caducée d'une baguette ou d'un bâton. »

L'orateur s'étendit alors longuement sur les habitations, la forme
des tuiles, des briques, des faîtières, des pignons et des cheminées,
sur les lois, les mœurs, les usages des aborigènes du pays en l'an
999,000 avant la fondation du présent royaume de Laupiko. Puis,
il conclut ainsi :

« Il résulte de tout ce que je viens d'avancer, qu'une école nou-
» velle est à fonder parmi nous ; cette école, vous le devinez, Mes-
» sieurs, sera un cours d'orthologie spéciale, ouvert aux amateurs
» d'étymologies, qui voudront enfin fixer clairement leur esprit sur
» la valeur intrinsèque des noms appellatifs des hommes, des lieux
» et des choses. Notre langue, éclaircie par les travaux de cette
» école, deviendra ainsi un tableau magique, un miroir fidèle où se
» réfléchiront éternellement les institutions, les découvertes, les
» sciences, l'histoire et la morale des temps passés et présents. »

L'orateur, qui avait sur cette dernière phrase donné à sa voix le ton de la péroraison, s'inclina devant l'auditoire au milieu des applaudissements.

La foule s'écoulait; Arlequin, n'ayant pu retrouver Colombine sous aucun des chapeaux enrubanés, suivit le flot qui le poussa dehors·

— Que pensez-vous de l'orateur, lui demanda l'homme aux penloques ?

— C'est un homme d'esprit qui a voulu se moquer de l'auditoire·

— Pas le moins du monde ; c'est le plus sérieux de tous les académiciens ; il a lu très sérieusement un discours qui a été écouté très sérieusement. Les journaux reproduiront demain ce que vous venez d'entendre; cinq ou six cents mémoires seront imprimés, pour ou contre dans huit jours ; toutes les académies du royaume seront malades d'étymologies pendant un an ; nous ne sommes pas au bout du cours d'orthologie spéciale du savant académicien.

— Toutes les sections de votre Institut, demanda Arlequin, sont-elles donc aussi folles que celle des Inscriptions ?

— Toutes ; mais il y a recrudescence de folie surtout aux approches des élections où la mort de chaque académicien les force à se recruter. Alors toutes les vanités, toutes les jalousies, toutes les susceptibilités sont en jeu, et rien n'est plus bizarre que les jugements que portent en pareil cas les poètes des poètes, les romanciers des romanciers, les philosophes des philosophes et les savants des savants. Je regrette qu'aucune élection n'ait lieu maintenant ; ce serait un spectacle curieux et que je vous engagerais à voir.

— Hélas ! reprit Arlequin, peu soucieux des académies et des académiciens, il n'y a qu'un spectacle curieux pour moi au monde ; c'est ce lui des yeux bleus de Colombine.

— Un scrupule me vient, dit l'homme aux pendeloques après un instant de réflexion ; vous m'avez parlé d'une boussole magique ; il serait prudent de la consulter avant d'aller plus loin ; car rien ne nous prouve que vos deux vieillards, votre duc et Colombine se soient arrêtés à Lampiko.

Cette réflexion judicieuse frappa Arlequin ; et les deux amis s'acheminèrent vers le port.

XXI.

Histoire de l'homme aux pendeloques.

— La curiosité est indiscrète, reprit Arlequin tout en cheminant, mais l'amitié ne l'est pas ; me sera-t-il défendu de savoir comment vous vous trouvez dans ce pays, vous dont le costume annonce des modes étrangères et qui m'avez dit vous-même être venu de fort loin?

— Nullement, répondit l'homme aux pendeloques ; mais, a parler franc, je ne sais que peu de chose de ma propre histoire, et le récit que je vous en pourrais faire ne serait ni très vraisemblable ni très ntéressant.

Arlequin protesta de l'intérêt qu'il porterait toujours aux aventures du seul ami véritable qui se fût dévoué à le servir, assurant d'ailleurs que les récits les plus invraisemblables ne pouvaient être que vérités dans la bouche du plus honnête homme qu'il eût encore rencontré.

L'homme aux pendeloques se défendit quelque temps, mais Arlequin ayant insisté, il s'exprima ainsi :

On ne doit faire personne confident de ses peines lorsqu'on porte en soi le courage d'un homme ; une douleur que l'on confie est une douleur que l'on profane, à moins que les paroles qui l'expriment ne tombent dans une oreille discrète et un cœur sincère. Les larmes qui n'ont trouvé que le rire pour réponse dans le monde, subissent cet affront que toutes les choses sacrées reçoivent de la sottise des hommes; une sympathie éternelle devrait seule autoriser les révélations de l'ame à l'ame ; je vous estime assez cependant pour croire à la sincérité de votre cœur et à la discrétion de vos lèvres, et cela me suffit ; car, s'il est plus fier de se taire, il est quelquefois plus doux de parler.

Je ne sais où je suis né : les hommes de ce pays prétendent qu'ils m'ont vu tout petit apprendre à bégayer et grandir parmi eux ; mon père et ma mère auraient été leurs concitoyens et Lampiko serait ma ville natale ; mais cela n'est pas.

Je ne saurais vous expliquer les rapprochements qui se font souvent dans mes souvenirs ; il est vrai que les maisons que je voyais dans mon enfance ressemblaient à celles de Lampiko, que les rues que je parcourais dans les bras de ma nourrice étaient coupées aux mêmes places que celles de Lampiko, que les campagnes où j'allais à certains jours respirer l'air et l'espace avaient l'aspect des campagnes de Lampiko, mais si vous saviez comme ces maisons étaient blanches et resplendissantes, comme ces rues étaient gaies, vivantes et pleines de jeux, quel beau soleil éclairait la verdure de ces campagnes, et quel air on y respirait ; et combien ces maisons, ces rues, ce soleil et cet air différaient des maisons, des rues, du soleil et des brouillards de Lampiko! Il est vrai encore que les habitants du pays où je suis né avaient quelque chose des traits des habitants de ce pays, que leur langage parlait à mon intelligence comme le langage qui résonne encore à mes oreilles, mais si vous aviez appris à aimer comme moi la bienveillance de ces visages et la douceur de cette langue, vous ne les reconnaîtriez plus dans la méchanceté des figures de ce pays, et dans les sons aigres de la langue qu'on y parle ; ces visages attiraient autant que ceux-ci repoussent ; cette langue s'adressait je ne sais où, profondément dans le cœur, au lieu d'aller frapper à je ne sais quelle faculté insensible de l'esprit. Parmi tous ces visages souriants et toutes ces voix douces je m'étais habitué à trois visages plus souriants que les autres, à trois voix plus douces aussi. Ces visages et ces voix avaient des noms qui m'étaient chers par dessus tout : le premier de ces visages s'appelait mon père, et le second ma mère ; quant au troisième, c'était celui d'une petite fille qui grandissait avec moi. Tout me paraissait plus vaste et plus beau quand je me trouvais avec eux. Si mon père m'embrassait, je me sentais plus fort qu'à l'ordinaire, et un frisson de fierté me courait sur la figure; si c'était ma mère, le frisson de fierté devenait un frisson de plaisir qui me prenait à des profondeurs inconnues, et je me sentais prêt à pleurer; quant à la petite fille qui grandissait avec moi, jamais mes lèvres ne touchèrent sa joue, ni ses lèvres la mienne, mais il me semblait que le frisson de fierté et l e frisson de plaisir se seraient confondus sous son baiser et que ce double frisson aurait pu m'enlever à la vie et au monde.

Je vous parle d'un temps dont je n'ai plus que le souvenir et d'un pays bien lointain. Un jour, je ne vis plus mon père; on me dit qu'il était mort. Ma mère pleurait et je pleurai comme elle; il me semble que c'est à cette époque que les premiers préparatifs de notre départ furent faits. Autant qu'il m'en souvient cependant, nous vécûmes encore quelques années dans ce pays; la petite fille était devenue grande et je l'aimais plus que ma mère. Je devais l'épouser; le mariage, dans ce pays-là, ne ressemblait pas aux mariages de ce pays-ci. C'était une vie nouvelle que l'on recommençait à deux. Oh! que cette vie me paraissait belle avec la petite compagne de mon enfance! Vous me permettrez de passer vite sur ce point de mon histoire, car les larmes ne sont bonnes que dans la solitude. La petite compagne de mon enfance se maria, mais ce ne fut pas avec moi; et depuis ce temps je n'en eus plus de nouvelles. Ma mère, si je ne me trompe pas, me fit alors changer de pays, car de ce moment je commençai à ne plus reconnaître les habitants avec qui j'avais vécu. Je ne manquais pas de consolation pourtant dans ce premier exil; ma mère devint pour moi meilleure, s'il est possible, qu'elle ne s'était montrée toujours; pour la première fois, je pleurai lorsqu'elle m'embrassa. Ah! Monsieur, Dieu garde une mère à ceux qui savent ce que c'est qu'une mère! Je perdis la mienne au moment où son amour était toute la vie pour moi. Que devins-je alors? personne n'a jamais pris la peine de me l'apprendre. Quelques bonnes âmes m'arrachèrent sans doute au pays où j'avais tout aimé, car depuis je ne reconnus plus rien et je me trouvai transporté dans cette contrée où les maisons sont tristes, où les rues sont noires, où le ciel n'a plus de soleil, où les campagnes sont désertes, où les habitants sont méchants. On me traite de fou parce que je ne veux pas prendre comme eux des vêtements de couleur lugubre et porter le deuil du beau pays où j'ai vécu et que j'espère revoir. Où? Je ne sais pas, mais mon père, ma mère et la petite compagne de mon enfance n'ont pu m'abandonner pour toujours, et je les retrouverai, j'en suis sûr, avec les belles maisons, le beau soleil et les belles campagnes.

L'homme aux pendeloques pleurait presque en parlant ainsi, mais lorsqu'il finit son histoire, ses yeux, humides et levés au ciel, étaient clairs comme l'eau que traverse un rayon de lumière, car l'espoir qui reste au malheureux est encore une promesse du ciel.

La vie de l'homme aux pendeloques a été écrite par lui-même; nous la dédierons un jour aux âmes privilégiées qui ont su aimer et pleurer.

Arlequin écouta silencieusement le récit de son compagnon; les consolations sont toujours maladroites dans les grandes douleurs, et l'amoureux de Colombine, qui n'avait jamais souffert que par le désir et par l'attente, devinait d'instinct le respect que l'on doit au regret et au désenchantement de toutes choses.

Les deux amis étaient arrivés sur le port. Arlequin engagea l'homme aux pendeloques à monter sur son vaisseau. L'homme aux pendeloques refusa.

— Non, répondit-il, si l'aiguille de votre boussole vous ordonne de reprendre la mer, partez sans moi; je ne puis vous servir hors de Lampiko.

— Mais que ferez-vous dans ce pays, lui demanda Arlequin?

— Ce que j'ai fait jusqu'à présent, le bien toutes les fois que je puis. C'est maintenant ma seule consolation.

Arlequin monta sur son vaisseau et consulta sa boussole; elle marquait la haute mer. Il revint sur le pont et salua l'homme aux pendeloques qui lui rendit son salut.

Un instant après, le vaisseau d'Arlequin présentait sa poupe au port de Lampiko.

XXII.

Réflexions d'Arlequin; il aborde au pays de Jouvence.

Arlequin avait été, non tristement, car le spectacle des douleurs saines et vraies, courageusement supportées, réconforte le cœur au lieu de l'abattre, mais sincèrement et sympathiquement affecté par le récit de l'homme aux pendeloques, dont la folie eût renvoyé aux petites maisons toute la sagesse de Lampiko. Comme il était naturellement bon et savait souffrir des souffrances d'autrui, mais comme aussi, sans être égoïste, il ne se faisait aucun mérite des compassions stériles, il se prit, pour distraire sa pensée, à réfléchir sur l'état intérieur de Lampiko. Les méditations tristes sont préférables aux méditations poignantes ; Arlequin, impressionnable comme une femme vis-à-vis des douleurs individuelles, avait la philosophie insouciante des hommes les plus compâtissants vis-à-vis des hommes en masse.

— Hélas ! s'écria-t-il en se rappelant les sottes disputes des assemblées et des académies de Lampiko, combien je m'étais abusé sur les avantages d'une longue paix ! A quelles agitations puériles le repos, le bien-être et l'oisiveté réduisent l'activité humaine ! Les révolutions et les guerres, qui me paraissaient d'abord des extrémités si déplorables, ne valent-elles pas mieux que ce désœuvrement plein de ridicules dégradations ? Quel est donc l'état le plus naturel et le plus propre à la dignité, à la grandeur et à l'énergie de l'homme ?

Ces pensées occupèrent Arlequin pendant deux jours sans l'amener à conclure sur l'insoluble problème de la destinée terrestre.

Le troisième jour, vers le matin, le matelot de vigie cria : terre ;

et, lorsque les rayons du soleil un peu plus élevés eurent éclairé la mer à plusieurs lieues à la ronde, tous les yeux de l'équipage se fixèrent sur un rivage verdoyant qui barrait le passage à quelques milles de distance ; l'aiguille de la boussole ne variait point ; il était évident que le duc Lelio , le Docteur, Cassandre et Colombine précédaient encore Arlequin dans ce pays. Le vaisseau, poussé par une brise favorable, courait rapidement vers la terre ; petit à petit, les découpures de la côte et les ondulations du terrain devenaient plus distinctes ; la forme des collines se dégageait de la vapeur légère qui flottait sur elle ; cette terre, dont les bords étaient plats, semblait s'élever par insensibles gradins dans l'intérieur jusqu'à perte de vue. A une lieue environ de la côte, la sonde indiqua des bas-fonds ; Arlequin fit carguer les voiles, et, après s'être assuré que le vaisseau tenait solidement sur les ancres, il le confia au pilote, fit mettre le canot à la mer, y descendit et ordonna de ramer vers une petite anse propre au débarquement. A mesure qu'il approchait, ses yeux s'émerveillaient à contempler les beautés de cette terre dont la végétation luxuriante dépassait tout ce qu'il avait jamais vu dans aucun pays ; il dévorait avec amour les teintes variées de cette verdure qui s'étageait de pente en pente à une distance incalculable ; enfin son admiration ne connut plus de bornes lorsqu'il eut mis le pied sur le sable. Tous les arbres de cette terre paraissaient éternellement jeunes, et cependant il y en avait de tous les âges et de si gigantesques, que cent hommes eussent pû danser en rond à l'entour en se tenant par la main ; leur écorce était aussi lisse et leur verdure aussi fraîche que s'ils venaient à peine de sortir du gland ou du pépin qui leur avait donné naissance. Tous ces arbres, petits ou grands, pliaient sous le poids des fleurs et des fruits ; cette terre semblait une grande table magnifiquement ornée pour un immense dessert ; telle était la variété des fruits qui remplissaient ces vastes corbeilles de feuillage suspendues dans les airs, que l'on voyait bien qu'ils étaient de toutes saisons en ces lieux et que la sève ne s'y reposait jamais ; les pommes, les poires, les citrons, les nèfles, les coings, les amandes, les oranges,

les noix, les cerises, les prunes, les pêches, les abricots et les gro-
seilles s'y renvoyaient des sourires appétissants ; l'herbe même, qui
commençait à pousser à peu de distance de la mer sur les dunes,
avait une épaisseur, un velouté et des couleurs si riches, que le pied
s'y reposait avec plaisir et que l'œil n'eût pu s'en arracher sans la
beauté du paysage qui s'étendait au loin et l'attraction gourmande
des branches qui pendaient sur la tête du passant toutes chargées de
parfums et de saveurs. Arlequin s'avançait au hasard dans l'intérieur
du pays ; bientôt quelques traces de travail humain lui apprirent que
cette terre n'était pas inhabitée ; un petit sentier qu'il se plut à suivre
le conduisit à un plus grand, celui-ci à un chemin de traverse qui
aboutissait à une grand'route et la grand'route aux portes d'une
ville. Arlequin entra...

La ville était ce jour là en grande rumeur ; une fête devait avoir
lieu qui attirait des visiteurs de plusieurs centaines de lieues à la
ronde ; les magistrats s'apprêtaient à sortir pour présider aux
réjouissances publiques. Arlequin se mêla au cortége ; une seule
chose l'avait frappé dans la ville, c'était l'uniforme jeunesse des habitants ; son étonnement augmenta encore, lorsque le cortége étant
sorti dans la campagne, il aperçut de tous côtés des processions en
tout semblables à celle dont il faisait partie et qui se dirigeaient vers
le même point ; il semblait que la vieillesse et la maturité de l'âge
fussent inconnues dans ce pays et que l'extrême limite de la décrépitude y fut fixée à vingt-cinq ans. Cet immense concours prit la route
d'un petit bois taillé en jardin anglais sur la pente légèrement inclinée
d'une large colline ; là, dans un vaste carrefour d'où l'œil plongeait
d'un côté sur la mer semée de voiles blanches et de l'autre sur une
vallée profonde arrosée par un grand fleuve, s'élevait une fontaine
que bien peu de gens ont vue, mais dont les poètes ont fait souvent
la description. Les magistrats de la ville voisine avaient pris place sur
une estrade dressée pour eux, et ceux des autres villes qui avaient
envoyé aussi leurs députations s'étaient rangés autour d'eux. La fête
commença : sur un signe des magistrats la foule s'était ébranlée ; tous

les assistants, hommes et femmes, se mirent à faire le tour de la fontaine lentement et avec calme, ainsi qu'il convient à des gens qui sont sûrs que le temps ne leur échappera pas; chaque fois qu'ils passaient devant la fontaine, ils se baissaient un instant, prenaient un peu d'eau dans le creux de leur main, la portaient à leur bouche et l'avalaient avec délices; bien qu'ils fussent tous jeunes, on eût dit alors qu'un rayon plus vif de vie s'épanouissait sur leurs fronts; leur teint devenait plus lisse et plus frais. Arlequin suivit la foule et fit comme elle; il avait à peine touché de ses lèvres l'eau de la source qu'il senti couler en lui comme une force et une vie nouvelle, et l'idée de la mort, qui lui vint alors, la lui montra si éloignée qu'il crut un instant être devenu immortel. Le respect que l'on avait pour cette fontaine, la gravité des magistrats, la jeunesse des assistants, tout dans cette cérémonie était incompréhensible pour Arlequin; un spectacle nouveau lui en donna l'explication. Des vieillards, venus de pays éloignés et inconnus, s'avançaient brisés, presque sans souffle et si épuisés par les fatigues d'un long voyage qu'il eut semblé que la volonté qui les soutenait encore allait les abandonner à chaque pas; ils se traînaient vers la fontaine avec une convoitise ardente, se baissaient avec peine sur le bassin, plongeaient leur main tremblante dans l'eau et la portaient à leur bouche avec un doute inquiet. Tout-à-coup les rides de leur front s'effaçaient; leurs reins voûtés se redressaient; leurs maigres épaules redevenaient carrées et larges; leur poitrine creuse reprenait une ampleur et une saillie virile; leurs cheveux blancs se bouclaient sur leurs têtes en anneaux noirs, châtains ou blonds; leurs yeux mornes renvoyaient des lumières vives; leurs lèvres pendantes se refermaient sur des dents d'une blancheur intacte; leurs jarrets souples leur rendaient une démarche pleine de force et de séduction, et ils s'éloignaient hautains, d'aplomb et forts, jetant bien loin leurs bâtons et leurs béquilles et défiant du regard ceux qui les entouraient.

Des femmes venaient aussi parmi eux; elles s'avançaient pliées sur des cannes à bec de corbin et la tête branlante, car la plupart étaient arrivées à cette extrême décrépitude qui fait, lorsqu'on les contemple, que l'on regarde l'amour comme la plus grotesque duperie et le piége le plus grossier qui soit au monde et que l'on se demande comment il peut se faire qu'un homme de bon sens commette les plus extravagantes folies, en arrive au désespoir et quelquefois au suicide pour des êtres qui deviennent beaucoup plus laids que lui en peu de temps. Un grand poëte s'étonna un jour que les plus jolies filles fissent de si laides vieilles femmes; s'il y a quelque chose qui surprend dans le passage graduel de la beauté à la laideur, le passage instantané des plus affreuses difformités de l'âge aux plus gracieuses proportions de la jeunesse ne doit-il pas à plus forte raison dérouter tous les calculs et stupéfier l'intelligence? À la place de ces vieux chefs branlants, de ces vieux corps cassés au souffle impur apparaissaient tout-à-coup de belles jeunes filles lestes aux lèvres vermeilles. Je renvoie pour la peinture de ces métamorphoses à toutes les descriptions amoureuses des poëtes; l'albâtre, la neige, l'ébène, le rubis, le corail, la nacre, la rose se distribuaient sur ces vieux chefs, sur ces vieux corps avec tant d'à-propos, de naturel et d'art, que ceux même qui, un instant auparavant, s'en fussent détournés avec dégoût, se seraient alors jetés à genoux avec amour pour baiser la poussière de leurs pieds.

Arlequin reconnut ce pays pour le pays de Jouvence que tant de gens ont cherché en vain, et cette source pour la fontaine d'immortalité que des apothicaires ont faussement prétendu mettre en bouteille, cette eau merveilleuse qui donne la vie ne pouvant se fabriquer comme les eaux minérales ordinaires qui donnent à peine la santé. Il résolut, tout en s'inquiétant du passage de Cassandre et de Colombine, d'étudier les mœurs de ce peuple dont la sagesse, non radoteuse, avait dû s'accroître de siècle en siècle.

XXIII.

Les habitants du pays de Jouvence.

Il s'approcha respectueusement d'un cavalier qui s'avançait d'un pas de matamore, le poing sur la hanche et la moustache en croc tandis qu'une longue épée lui battait les talons.

— Pourriez-vous m'apprendre, lui dit-il, si vous n'avez point vu passer dans ce pays, une jeune fille d'une éclatante beauté, en compagnie de deux vieillards de fort maigre et chiche apparence et d'un grand jeune homme blond, de figure grave et niaise ?

Le matamore jeta un regard de travers sur Arlequin.

— Palsambleu ! mon jeune ami, répliqua-t-il, pensez-vous me railler par vos questions impertinentes ? Apprenez à qui vous parlez ; sachez que je suis le capitaine Tonnerre-de-Dieu, et que depuis neuf cent quatre-vingt dix ans que je porte la plume au chapeau et l'épée au côté, je n'ai jamais souffert que l'on me regardât en face sans ma permission au moins verbale, et que l'on me parlât le chapeau sur la tête sans ma permission écrite. Sachez encore, car il me plaît de vous faire savoir à qui vous avez affaire, que j'ai tué trois mille cinq cent cent cinquante hommes qui m'avaient salué de travers, deux mille trois qui avaient marché dans mon ombre et mille huit cent quatre-vingt dix-neuf qui avaient osé me toucher du coude en passant. Cela fait en tout sept mille quatre cent cinquante-deux ; vous serez le sept mille quatre cent cinquante troisième et vous ne serez pas le dernier, j'espère. En garde, monsieur, et faites vos prières.

— Je vous ferai observer, monsieur, répondit Arlequin, que je n'avais nullement l'intention de vous offenser et que la jeune fille dont je vous parle existe bien réellement et répond au nom de Colombine.

— Vous répliquez, je crois ; allons, monsieur, cessez ce jeu ou avant de vous tuer je vous abats préalablement les deux oreilles.

En ce disant le matamore tira son épée ; Arlequin voyant qu'il ne pourrait entrer en explication avec lui, tira sa batte.

— Où voulez-vous que je vous touche, dit le capitaine ? préférez-vous que je vous coupe l'artère carotide ou que je vous ouvre l'oreillette du cœur ? il sera fait selon qu'il vous plaira : je me suis toujours galamment conduit sur le pré et n'ai jamais su refuser à un adversaire les égards que l'on se doit entre honnêtes gens.

— Monsieur, dit Arlequin, sur laquelle de vos deux omoplates préférez-vous que j'échauffe cette batte ? Sur la droite ou sur la gauche ? Je vous avoue que je n'ai de motif déterminant pour l'une plutôt que pour l'autre.

— Assez, Monsieur, assez, interrompit le matamore en écumant.

— Je vois, dit froidement Arlequin, que je serai forcé de frapper sur les deux.

L'épée du capitaine et la batte d'Arlequin se croisèrent, mais au premier choc, l'épée du capitaine se rompit contre la garde et la batte d'Arlequin se mit à voltiger avec une rapidité incroyable, s'abattant impartialement sur les deux omoplates du matamore.

— Palsambleu ! ventrebleu ! sacrebleu ! criait le capitaine en cherchant en vain à se dérober aux coups de la terrible batte qui tournoyait autour de lui avec une persévérance couronnée de succès ; on ne se conduit pas ainsi. Apprenez, Monsieur, qu'un galant homme se déshonore lui-même lorsqu'il en frappe un autre de la sorte. Palsembleu ! ventrebleu ! sacrebleu !

Arlequin frappait toujours.

— Vous me le paierez, vociféra le capitaine.

— Apprenez, maître sot, que je ne paie jamais mes dettes, répliqua Arlequin ; et il recommençait à battre de plus belle.

Il battrait encore s'il n'eût aperçu un petit homme maigre, jaune et bilieux qui venait de son côté. Ce petit homme, bien que jeune comme tous les habitants du pays, avait le visage et la tournure des enfants qui naissent décrépits. Il marchait d'un pas rapide et saccadé, et paraissait fort pressé.

Arlequin courut à lui :

— Monsieur, lui dit-il, n'avez-vous point vu dans ce pays une jeune fille d'une éclatante beauté, en compagnie de deux vieillards de fort maigre et chiche apparence et d'un grand jeune homme blond, de figure grave et niaise?

Le petit homme jeta sur Arlequin des yeux effarés, et reprit sa marche d'un pas plus hâté.

— Eh! Monsieur, Monsieur, criait Arlequin.

— Je ne puis rien vous donner, et je n'ai point le temps de m'arrêter, répliquait le petit homme en fuyant plus vite ; j'ai bien de la peine à gagner moi-même ma pauvre vie, et voici l'heure de la Bourse qui m'appelle à la ville.

Arlequin l'atteignit; le petit homme voulut lui échapper en criant : au voleur! Arlequin tint bon; une des basque du petit homme lui resta entre les mains ; quelques sacs pleins d'or en tombèrent et se crevèrent ; les pièces qu'ils contenaient coururent sur le gazon.

— N'y touchez pas, Monsieur, criait le petit homme en s'arrachant les cheveux et en versant des larmes, n'y touchez pas! je suis un homme ruiné; depuis mille ans que je travaille, je n'ai pu encore amasser que quatre cent cinquante millions de rente : le temps des bonnes spéculations est passé. N'y touchez pas, et l'heure de la Bourse qui va sonner. Je ne pourrai racheter aujourd'hui les actions de chemin que j'ai vendues si cher hier et que j'ai eu tant de peine à faire baisser; je ne pourrai revendre aujourd'hui les actions de mines que j'ai achetées à si bon compte hier et que j'ai eu tant de peine à faire monter. N'y touchez pas, Monsieur, n'y touchez pas.

Et le petit homme se jetait à plat-ventre pour défendre ses sacs ruisselants d'or. Arlequin le contemplait avec une pitié honteuse ; il vit bien qu'il ne pourrait tirer une parole raisonnable de ces sac d'écus; d'un coup de hatte il changea les pièces d'or qui couvraient la terre en petites grenouilles vertes qui se mirent à sauter à la figure du petit homme.

Arlequin laissa les grenouilles coasser et le petit homme crier : à l'assassin ! et se dirigea vers un jeune homme qu'il vit un peu plus loin.

Ce jeune homme était de mise recherchée, de tournure élégante, de façon aisée ; et, quoique un certain air de satisfaction prétentieuse gâtât ces avantages, son abord prévenait en sa faveur.

Arlequin lui fit sa question accoutumée.

— Colombine ! répondit le jeune homme en accentuant ces mots avec fatuité et en portant la main à son front comme pour interroger sa mémoire, je ne connais pas cela ; mais, si vous vous intéressez beaucoup à cette fille, je consulterai ma liste. Je ne me flatte pas, mais il est peu de beautés de ce pays dont le nom ne figure dans ce répertoire.

— Ah, monsieur, reprit Arlequin avec empressement, veuillez me communiquer bien vite ce précieux index.

— Vous êtes indiscret, monsieur. Cette table récapitulative des faiblesses passées est le registre mortuaire des amours, le cimetière rose qui porte pour devise: Ne m'oubliez pas. Pauvre devise ! pauvre épitaphe ! Dix huit-mille deux cent quatre-vingt-dix-huit noms dorment à l'abri de ces deux mots. S'il est vrai que cette Colombine soit aussi belle qu'il vous plaît de le dire, il est immanquable que son souvenir ne crie pas sur cette table avec tous les autres : Ne m'oubliez pas. Je tenterai un effort de mémoire en sa faveur ; il n'est rien que je ne sois disposé à faire pour obliger un honnête homme.

— Depuis combien de temps tenez-vous ce joli registre, reprit encore Arlequin ?

— Depuis deux ou trois cents ans ; vous voyez que je ne me vante pas ; la fidélité me porte malheur et j'ai pour habitude de ne jamais me presser en amour ; j'attends que l'on vienne à moi.

Arlequin eut bien envie de corriger ces prétentions insolentes ; mais tout cela était débité d'un ton si leste et si convaincu, et avec une grâce si juvénile, qu'il n'y avait pas moyen de se fâcher. Il passa et s'adressa à une jeune femme qui venait à lui en minaudant.

— N'avez-vous point vu dans ce pays, lui dit-il, une jeune fille d'une éclatante beauté ?..

Elle ne le laissa point finir :

— Que parlez-vous de beauté dans ce pays, dit-elle. On y rencontre bien quelques figures chiffonnées, quelques physionomies agréables ; mais de beautés réelles je n'en connais point ; cependant, monsieur, je ne suis plus jeune ; je cours sur ma trois cent et unième année. La laideur des femmes de ce pays tient je crois à leur mauvais caractère ; nulle part il n'est de femmes plus coquettes, plus prudes, plus envieuses, plus méchantes, plus fausses, plus légères, plus menteuses, plus bavardes que dans le pays de Jouvence.

— J'en devine quelque chose, répliqua Arlequin, et il tourna sur ses talons pour questionner d'autres personnages.

Aucun de ceux à qui il s'adressa ne put le tirer d'embarras sur le chemin des voyageurs ; mais les réponses qu'il obtint sur mille autres choses le mirent au courant des mœurs des habitants. Tous étaient occupés de quelque manie, de quelque travers ou de quelque vice.

Il vit des envieux dont les années n'avaient contribué qu'à aigrir la haine contre leurs voisins ; des sots dont la sottise s'était multipliée en raison du carré des temps ; des orgueilleux qui tous les ans avaient exhaussé d'une assise le piédestal de leur orgueil ; des rimeurs pour qui la postérité se faisait attendre depuis mille ans et qui se fatiguaient infatigablement à la poursuivre ; des coquettes qui parlaient de leur cœur depuis plusieurs siècles et qui ne comptaient plus leurs amants ; enfin toutes les folies éternisées sous des masques d'une éternelle jeunesse.

Il revint fort triste à son vaisseau et consulta sa boussole ; l'aiguille avait varié et lui montrait de nouveau la mer ; il fit lever l'ancre, désespéré mais non découragé, car les amoureux se désespèrent souvent, mais ne se découragent jamais.

XXIV.

Un coup de vent contraire rejette Arlequin sur les côtes de Lampiko ; état
de ce pays ; les pirates, les six jeunes Filles prisonnières et l'homme
aux pendeloques.

Arlequin avait à peine repris la mer qu'une tempête affreuse
s'éleva ; il voulut faire agir la puissance de sa batte sur les vents et
sur les flots, mais inutilement ; il invoqua sa marraine, et une voix,
qu'il reconnut pour celle de la fée, lui répondit : — Il n'est point donné
à l'homme d'arriver au bonheur par les moyens surnaturels ; les
dieux seuls savent ce qui convient à l'espèce mortelle ; dès aujour-
d'hui, ta batte et ta boussole perdent le pouvoir que je leur ai donné,
elles n'ont servi dans tes mains qu'à t'égarer de mer en mer et de
rivage en rivage. Si je t'ai laissé errer quelque temps fier de leurs
secours stériles, ce n'était que pour te montrer des climats inconnus
et t'instruire des usages des peuples et des vices des hommes. Confie-
toi aux dieux qui te conduiront, s'il leur plaît, au terme assigné par
leur sagesse à ton voyage.

Arlequin, confondu et rassuré par cette voix, courut à sa boussole ;
elle obéissait sans volonté à son doigt et ne se redressait plus sous la
direction qu'il lui imprimait.

Il s'abandonna alors avec résignation aux vents et aux flots.

Bientôt il crut reconnaître la côte du pays de Lampiko ; le vent le
poussait dans le port ; il aborda.

C'étaient bien en effet le port et la ville de Lampiko ; c'étaient bien
les mêmes quais, les mêmes rues et les mêmes maisons, mais combien l'aspect de ces quais, de ces rues et de ces maisons différait de
ce qu'il avait vu quelques jours auparavant. Les quais où s'étalaient

alors les marchandises de toutes les nations ne présentaient plus que maintenant solitude ; les rues , où se coudoyait alors une foule insouciante , occupée de plaisirs ou de billevésées , ne s'emplissaient plus maintenant que de visages mornes , qui s'écartaient les uns des autres ou s'accostaient sinistrement, de gens armés qui échangeaient des regards sombres ; les maisons où s'ouvraient alors tant de magasins resplendissants, tant de fenêtres gaies et bienveillantes n'offraient plus maintenant que de tristes et menaçantes façades fermées depuis le rez-de-chaussée jusqu'aux derniers étages.

Arlequin s'informa du deuil qui couvrait toute cette ville ; on lui répondit qu'une révolution venait de s'accomplir ; que le roi de Lampiko était en fuite, les chambres renversées et le pouvoir au hasard.

Arlequin cherchait en vain l'homme aux pendeloques parmi les rares passants de ces rues livrées à la désolation et à la peur. L'homme aux pendeloques était le seul homme qui dans cette grande ville lui eût montré quelque amitié et inspiré quelque confiance ; il ne le voyait nulle part et se trouvait plus abandonné que jamais sans ami et sans guide, sans sa boussole et sans sa batte.

Un visage qu'il crut reconnaître vint à passer ; ce visage annonçait un homme d'importance, et cette importance était justifiée par un gros portefeuille, insigne des fonctions ministérielles.

Arlequin s'approcha avec son éternelle question :

— N'auriez-vous point vu, Monsieur, une jeune fille en compagnie de deux vieillards et d'un grand jeune homme blond ?

— Tiens ! s'écria l'homme au portefeuille sans s'occuper des paroles d'Arlequin ; c'est vous, si je ne me trompe, qui nous avez si bien rossés en mer et si généreusement rendus à la liberté.

Arlequin se rappela le capitaine du vaisseau pirate.

— Je suis enchanté, Monsieur, lui dit-il, que vous ayez si bien profité de mes conseils ; c'est une bien douce récompense pour moi de vous voir enfin réhabilité dans l'estime des hommes.

Vous vous trompez, Monsieur, si j'avais changé de conduite, mon mauvais destin m'aurait reconduit tout droit comme contumace au bagne où j'ai fait différents séjours dans différents pays. Vos conseils n'étaient que des piéges à niais ; je n'ai eu garde d'y tomber ; je me suis emparé du pouvoir comme je voulais m'emparer de votre vaisseau et comme je me suis emparé de votre sac d'argent. Les révolutions ont besoin d'hommes forts et je n'ai nullement déguisé mes antécédents.

— C'est affreux, murmura Arlequin.

— Bon ! bon ! préjugé sot et honnête, répliqua le pirate ministre ! Écoutez ; je suis puissant aujourd'hui et n'ai point de rancune ; voulez-vous une place dans mon ministère ? je suis tout prêt à vous en donner cinq ou six, si cela peut vous être agréable. Je ne compte pas avec les gens que j'aime. La popularité est à ce prix.

Et comme le pirate interprétait en hésitation le silence d'Arlequin, il ajouta :

— Oh ! ne craignez rien ; votre conscience est à l'abri ; je ne suis pas un homme subversif et je fais de l'ordre jusqu'à nouvel ordre.

— C'est-à-dire, jusqu'à ce que le pouvoir vous échappe, hasarda Arlequin.

— Tout juste. Mais parlez hardiment ; je n'ai pas la susceptibilité des rois, et j'adore la vérité.

— Qu'avez-vous donc fait de vos compagnons de piraterie, demanda alors Arlequin, si vous m'offrez ainsi de but en blanc, à moi que vous connaissez à peine, cinq ou six places dans votre ministère ?

— Oh ! ceux-là sont restés de plats gueux et je les ai laissés soigneusement dans les chiourmes où ils ont eu hâte de retourner. Comme je ne déguise jamais ma pensée, la franchise, ou, si vous l'aimez mieux, l'effronterie étant la force des révolutionnaires véritables, je vous avouerai que je les trouvais un peu forts pour moi et que leur rivalité m'inquiétait. Les gaillards m'avaient cependant appris à fond de cale l'art des révolutions, mais lorsqu'on dépend du pouvoir qu'on occupe, il faut quelquefois refouler la reconnaissance dans son cœur et afficher l'ingratitude envers ses meilleurs amis. La politique, monsieur, impose des devoirs bien cruels !

Et il sourit ironiquement en achevant ces mots.

— N'auriez-vous point souvenir aussi, puisque vous aimez la franchise, des coups de corde qu'ils vous ont donnés sous le pont de mon navire ?

— Je ne leur en veux pas, répliqua le ministre ; ils étaient dans leur droit puisqu'ils étaient les plus forts ; toute la morale dans ce monde, et en politique surtout, est de prendre le dessus sur les autres hommes. Ne sachez donc nul gré à mon amitié de l'offre que je vous ai faite, mais à ma science du cœur humain ; nous avons besoin de quelques hommes, appelés honnêtes, pour imposer à la simplicité et aux scrupules d'une partie du peuple.

Arlequin eut peur des facultés diaboliques de cet homme qui se montrait aussi libre, aussi hardi et aussi à l'aise à la tête d'un gouvernement qu'à la tête d'une poignée de pirates ; il remercia de nouveau le pirate de ses offres généreuses et se retira le plus vite qu'il put sans regarder derrière lui, de crainte qu'un remords ne vint à cet homme de laisser vivre de telles confidences sur des épaules étrangères ; mais le pirate savait bien que les rêveurs de la trempe d'Arlequin ne sont pas dangereux.

XXV.

Suite du précédent.

À quelques pas de là Arlequin rencontra six jeunes filles, qui l'ayant considéré un instant, faillirent tomber à ses pieds ; Arlequin, les ayant considérées à son tour, les reconnut pour les six jeunes filles prisonnières qui lui devaient la liberté.

— Comment ! c'est encore vous, dit-il, et toutes ensemble ? Courez-vous donc toujours après l'empereur du Cap-Vert, et n'avez-vous point su trouver d'époux qui vous conviennent? Mais pourquoi diable! aussi, courir sans dot après la fortune, et que n'attendiez-vous que je vous fournisse moi-même des moyens d'établissement ?

— Hélas! répliquèrent en chœur toutes les jeunes filles.

— Hélas! hélas! reprit Arlequin; c'était autrefois votre refrain; quand vous ne riez pas d'une manière inconvenante, vous soupirez à fendre les cœurs; on dirait que vous n'avez jamais su que montrer vos dents et pleurnicher.

Arlequin ignorait que ce fût là en effet tout leur métier.

Mais comment, poursuivit-il, vous êtes-vous données toutes rendez-vous dans une rue de Lampiko, quand je vous ai laissées toutes vagabondant sur le pavé de Sétine?

— Hélas! cher seigneur, répondit la fille du marchand de Bagdad, j'étais à peine descendue sur le port pour chasser des démangeaisons de ronds de jambes, que je rencontrai le capitaine des pirates mis en liberté. Cet homme, que j'eus la faiblesse d'écouter pour la seconde fois, m'emmena dans une guinguette où l'amour de la danse me retint trop longtemps; jugez de mon désespoir quand à mon retour sur le port, je n'aperçus plus votre vaisseau. J'en fus réduite à suivre le pirate de ville en ville jusqu'à Lampiko, et je l'aidai à vivre comme je pus jusqu'au moment où un coup de main le mit à la tête des affaires; depuis ce temps, le monstre m'a délaissée pour la première danseuse de l'Opéra, et croirait manquer à sa nouvelle dignité en me recevant encore chez lui.

— Et maintenant?

— Et maintenant, je regrette plus que jamais d'avoir quitté votre vaisseau.

— Hélas! cher seigneur, répondit à son tour la fille du général de Caboul, j'étais à peine descendue sur le port pour échapper à l'air méphitique de vos entre-ponts, que je rencontrai un jeune homme magnifiquement vêtu qui me suivit avec affectation; je le précédai d'une manière adroite, pour l'éviter; et j'allai si loin, si loin, qu'a mon retour sur le port, votre vaisseau avait disparu depuis longtemps ; jugez de mon chagrin : je me résignai à demeurer avec le beau jeune homme qui me donnait alors le bras ; je vécus avec lui fort à l'aise pendant quelques mois, et nous entreprîmes ensemble un voyage d'agrément à Lampiko ; c'est alors qu'éclata la révolution qui le força à m'abandonner brusquement sans un sou dans une ville où ses malles avaient servi de barricades.

— Et maintenant ?

— Et maintenant, je regrette plus que jamais d'avoir quitté votre vaisseau.

— Hélas ! cher seigneur, répondit la petite chanteuse de Seringapatnam, j'étais à peine descendue sur le port pour écouter un joueur d'orgue dont la musique me rappelait un des airs qui avaient fait ma fortune autrefois, que je rencontrai un homme très respectable par ses manières et par son âge, qui me fit signe de le suivre. J'obéis par un reste d'habitude prise dans mes voyages ; et cet homme, qui occupait une place importante dans le gouvernement de Lampiko, me fit faire tant de chemin et passer par tant de rues, qu'à mon retour sur le port votre vaisseau était déjà hors de vue. Jugez de ma peine ; fort heureusement je retrouvai cet homme respectable qui se montra plein de bontés pour moi, jusqu'au moment où la chûte du gouvernement le força à prendre la fuite.

— Et maintenant ?

— Et maintenant, je regrette plus que jamais d'avoir quitté votre vaisseau.

Hélas ! cher seigneur répondit à son tour la jeune Grecque de l'île de Chypre, j'étais à peine descendue sur le port pour acheter des fruits confits et jeter les yeux sur un magasin d'étoffes, que je rencontrai un commis de nouveautés très obligeant qui m'offrit à crédit plusieurs robes de couleurs fort réjouissantes ; je passai tant de temps à marchander ces étoffes qu'à mon retour sur le port je trouvai votre vaisseau parti ; jugez de mon désappointement ; j'acceptai alors, bien malgré moi, les offres du jeune commis, et je profiterais encore du crédit qu'il m'avait ouvert, si la révolution n'était venue ruiner son magasin.

— Et maintenant ?

— Et maintenant je regrette plus que jamais d'avoir quitté votre vaisseau.

— Hélas ! cher seigneur, répondit à son tour la Circassienne, j'étais à peine descendue sur le port pour chercher à me consoler des trois mille piastres de l'Empereur du Cap-Vert, que je rencontrai un riche banquier du pays, qui développait au coin d'un boulevard, au milieu d'un petit cercle d'auditeurs, une opération magnifique. Je prêtai l'oreille, et comme alors, tout en me lorgnant, il se plut à mieux expliquer ses calculs, j'écoutai si longtemps, si longtemps, qu'à mon retour sur le port je cherchai vainement votre vaisseau ; jugez de ma désolation ; j'entrai de grand cœur, il est vrai, dans les bénéfices financiers du banquier dont j'avais retenu adroitement le nom et l'adresse, et j'aurais entassé le trois pour cent sur le cinq et les mines sur les canaux, sans la révolution qui nous força à vendre précipitamment et à perte.

— Et maintenant ?

— Et maintenant je regrette plus que jamais d'avoir quitté votre vaisseau.

— Hélas ! cher seigneur, répondit à son tour l'esclave du pacha de Caramanie, j'étais à peine descendue sur le port pour me distraire à ne rien faire de l'ennui de ne rien faire, que je rencontrai un jeune homme dont l'air désœuvré m'inspira l'espérance d'une distraction moins solitaire ; je l'abordai et nous sympathisâmes sur-le-champ ; notre paresse nous retint si longtemps qu'à mon retour sur le port l'absence de votre vaisseau m'apprit trop clairement de vos nouvelles ; jugez de mon affliction ; je partageai mon ennui avec le jeune homme désœuvré, et nous nous ennuierions encore fort agréablement sans la révolution qui dérangea notre repos.

— Et maintenant ?

12

— Et maintenant je regrette plus que jamais d'avoir quitté votre vaisseau.

— Ainsi vous avez trouvé votre châtiment dans votre imprévoyance, reprit Arlequin. Ah ! si les révolutions se contentaient de malmener de la sorte tous les défauts et tous les vices, elles ne soulèveraient contre elles que des malédictions fort honorables.

XXVI.

Suite du précédent.

En achevant ces mots, il crut reconnaître un peu plus loin l'homme aux pendeloques. Laisser les six jeunes filles tout ébahies de l'apostrophe et courir vers son ami, ne fut l'affaire que d'une gambade.

C'était bien en effet l'homme aux pendeloques, mais plus triste que la première fois.

— D'où vous vient cette mélancolie si grande, lui demanda Arlequin après les premières embrassades ?

— Ah ! mon ami, répondit l'homme aux pendeloques, les hommes de ce pays sont devenus pires que jamais. Je les savais méchants et insensés, mais je ne soupçonnais pas jusqu'à quel point de méchanceté et de démence ; je vous avais prédit une révolution où trébucherait leur aveuglement, mais je n'avais pu prévoir que leur aveuglement se complairait dans ce désordre, qu'au lieu d'en chercher les bonnes issues ils en choisiraient les mauvaises, et que, loin d'ouvrir les yeux pour voir dans les ténèbres, ils les fermeraient davantage. Ce pays est abandonné au chaos pour longtemps. Tout ce qui s'est passé, selon ce que vous m'avez dit, dans la cale de votre vaisseau entre les pirates sans chef, se reproduira en grand dans la république de Lampiko. L'orgueil est la maladie dévorante de tout ce peuple ; l'orgueil est descendu de quelques uns dans la masse. Malheureusement, je le crains, les dieux pardonnent plus volontiers à l'orgueil du petit nombre qu'à l'orgueil de tous. Un peuple est moins coupable peut-être quand toutes ses fautes s'amassent sur quelques têtes expiatoires que lorsque ces fautes, dispersées sur toutes les têtes, les condamnent toutes à l'expiation. J'en ai l'espoir cependant, les dieux pardonneront à ce peuple, quoiqu'il ne le mérite pas, mais leur clémence attendra qu'il se soit puni lui-même par ses appétits désordonnés, par ses ambitions dévastatrices, par ses envies, par ses haines, par ses paradoxes, par son orgueil enfin ; il faudra que les mauvais aient pâti et les bons payé pour les mauvais ; alors ce peuple retrouvera la sagesse dans l'excès de sa propre misère, et le travail sacré des sociétés recommencera au milieu des ruines, mais ce spectacle est triste, et je ne me sens plus la force de le supporter.

— O dieux, s'écria Arlequin, où donc est votre justice, où donc est votre vigilance, et quelle mauvaise destinée avez-vous donnée à remplir à l'homme pour qu'il s'engraisse de sottise pendant la paix ou se dévore de haine et de férocité dans les révolutions et dans la guerre ?

— N'accusez pas les dieux, répondit l'homme aux pendeloques ; leur vigilance ne s'endort jamais ; les révolutions sont toujours méritées puisqu'elles s'accomplissent avec leur permission ; mais si quelquefois elles sont justes comme l'arrêt qui porte en lui la réhabilitation et le droit, quelquefois aussi elles sont justes comme l'arrêt qui porte la condamnation et le châtiment ; nul ne peut démêler d'abord dans ces grands jugements des choses le droit reconquis du droit usurpé, le point où cesse la réintégration du point où commence l'empiètement, la vertu du crime, la récompense de la punition ; car le mot n'en appartient pas aux hommes et les hommes ne se jugent pas eux-mêmes.

— Pourquoi donc les nations jettent-elles ainsi dans ces mêlées terribles leur fortune, leur sang, leurs idées, leur vie, demanda Arlequin ?

— Parce que la vie des nations, comme celle des hommes, a été mise par les dieux dans la lutte des consciences, dans le choc des passions, dans le dévouement volontaire ou forcé, dans le sacrifice obligé ou consenti ; les révolutions sont les institutrices cruelles de l'humanité comme les passions, ces révolutions intérieures des individus, le sont de tout homme.

Tout en causant ainsi, l'homme aux pendeloques et Arlequin s'étaient rapprochés du port ; le vent soufflait de la terre et semblait inviter les voyageurs à partir, Arlequin demanda quelques nouvelles de Colombine à son ancien guide.

— Je puis vous assurer qu'elle n'est plus dans ce pays, répondit l'homme aux pendeloques ; Lampiko s'est changé en désert depuis quelque temps et pas un étranger paisible n'y est resté.

Avant de remonter sur son vaisseau, Arlequin engagea son ami à le suivre.

— J'accepte maintenant, lui dit l'homme aux pendeloques ; je quitterai Lampiko avec tristesse, mais sans regret, car j'ignore où je retrouverai le beau pays de mon enfance, mais à coup sûr il n'est pas sous ce soleil.

Et les deux amis s'étant embarqués, le navire reprit sa marche sur la mer.

XXVII.

Invocation à la fée ; Encore les six jeunes filles prisonnières ; Abord aux Iles Riches.

Arlequin regardait la mer et consultait les vents, car la mer et les vents savaient seuls maintenant la route qu'il devait suivre. Il se

confiait aux puissances célestes, mais un certain doute lui restait dans
l'âme, et, pour se raffermir contre ses défaillances, il invoqua de
nouveau sa bonne fée :

> Fée aux yeux bleus qui me fûtes marraine,
> Le sort jaloux vint enlever ma reine.
> Dois-je revoir sur son front variant
> Ce doux reflet qui toujours va riant?
> Dois-je revoir cette friponne mine
> Où de traits fins rayonnait une mine?
> Dois-je revoir son œil bleu, piége adroit,
> Piége d'amour auquel mon cœur a droit?
> Fée aux yeux bleus qui me fûtes marraine,
> Aux bords lointains conservez-moi ma reine.

Aucune voix ne répondit à sa voix, mais le vent s'éleva plus
vif et le vaisseau courut avec plus de hâte sur la mer tranquille ; le
vent disait : courage! et la mer répondait : espoir!

Arlequin prêtait l'oreille à ces promesses lorsqu'un grand éclat de
rire retentit derrière lui; il se retourna et vit les six jeunes filles
prisonnières.

— Comment! c'est encore vous, s'écria-t-il avec mauvaise humeur?

— Ah! seigneur, répondirent-elles, vous êtes bien cruel de reconnaître si mal le dévouement de six jeunes filles qui ne respirent que
pour vous. Notre amour n'a pas tant de fois donné raison au hasard
qui nous réunit sur vos pas, pour que votre indifférence le fasse
mentir.

— Vous êtes des effrontées coquines et des impudentes, répliqua
Arlequin. Redescendez dans votre cabine et ne reparaissez devant
moi que lorsque je vous le ferai dire ; je promets par tous les dieux
de vous abandonner sur la première côte déserte pour vous forcer
à faire pénitence.

Les six jeunes filles s'éloignèrent d'un air affligé, mais en riant sous
leurs doigts.

Arlequin eut bientôt la consolation de voir s'élever un rivage vers lequel le vent poussait rapidement son navire.

Ce rivage n'était pas inhabité ; une ville, composée de palais et de jardins, occupait le fond d'un petit golfe qui ouvrait amicalement ses deux bras à la mer. Arlequin jeta l'ancre à l'entrée de ce golfe, dans une petite anse où se baignaient les pieds de marbre d'un grand palais et les degrés d'un grand jardin.

Il descendit seul sur la terre avec l'homme aux pendeloques pour chercher, comme partout dans ses voyages, des nouvelles de Colombine.

Il n'avait pas fait dix pas qu'au détour d'un buisson il aperçut à quelque distance quatre personnages dont les figures réveillèrent plus vivement que jamais quatre sentiments dans son cœur : l'amour, la jalousie, le dédain et le respect.

La première de ces figures était Colombine qu'il adorait de loin comme de près, mais plus encore, s'il est possible, de près que de loin ; la seconde le duc Lelio qu'il redoutait malgré lui, car les amoureux redoutent jusqu'à la rivalité de leur ombre ; la troisième était le Docteur qu'il estimait en pédagogue ; et la quatrième Cassandre qu'il ne pouvait s'empêcher de considérer encore comme son maître et comme le père de Colombine.

L'homme aux pendeloques le retint au moment où il allait s'élancer vers eux en étourdi et sans savoir ce qu'il faisait :

Les quatre personnages semblaient se disputer vivement.

— Je n'épouserai jamais monsieur, disait Colombine en frappant du pied.

— Vous épouserez monsieur, répondait Cassandre, en levant sa canne.

— Nous nous épouserons, répliquait le duc Lelio en se donnant les grâces d'un vainqueur sûr du triomphe.

Le Docteur poursuivait la conjugaison en allant de l'un à l'autre : — Epousez, disait-il à Colombine ; n'épousez pas, disait-il au duc ; monsieur, laissez-les faire, disait-il à Cassandre. Le Docteur n'arrivait à rien.

Au bout d'un instant les quatre personnages se séparèrent ; Colombine s'éloigna d'un air dépité, et Cassandre la suivit en grondant; le duc Lelio s'éloigna d'un autre côté, de l'air d'un homme qu'une défaite ne peut décourager, et le Docteur le suivit en sermonnant.

— Attendez-moi là, souffla tout bas l'homme aux pendeloques dans l'oreille d'Arlequin.

XXVIII.

De la manière dont Arlequin et le duc Lelio se supplantèrent mutuellement ; Mariage d'Arlequin et de Colombine.

L'homme aux pendeloques courut vers le vaisseau et revint bientôt à la tête des six jeunes filles prisonnières.

— C'est moi qui vais vous marier, dit-il à Arlequin ; et c'est moi qui vais vous présenter à l'Empereur du Cap-Vert que vous cherchez depuis si longtemps, dit-il aux six jeunes filles.

Le duc Lelio se rapprochait alors avec le Docteur ; l'homme aux pendeloques n'eut pas besoin de le désigner aux attaques de la troupe aventurière. Les six jeunes filles s'avancèrent vers le duc des Iles Riches et lui firent la révérence.

— Docteur, quelles sont ces jolies figures, demanda le duc à son gouverneur ?

— Que monseigneur excuse mon ignorance, répondit le Docteur, mais je n'ai jamais su distinguer une jolie figure d'un vilain visage. Ainsi, à plus forte raison, à fortiori, veux-je dire, n'ai-je pu remarquer parmi toutes les femmes de votre duché six de ces figures qui se ressemblent toutes.

— Docteur, vous n'êtes qu'un sot, répondit le duc. Et comme les six jeunes filles redoublaient leurs révérences : — Que me voulez-vous, leur dit-il ?

— Oh ! monseigneur, répliqua la fille du marchand de Bagdad, que vous avez la jambe belle, et combien serait heureuse celle qui danserait un menuet avec vous !

— Oh ! monseigneur, répliqua la fille du général de Caboul, que vous avez l'air noble et grand, et combien serait heureuse celle qui retrouverait près de vous les droits de sa naissance !

— Oh ! monseigneur, répliqua la petite chanteuse de Séringapatnam, que vous avez la voix douce et juste, et combien serait heureuse celle qui chanterait avec vous en s'accompagnant sur la guitare !

— Oh ! monseigneur, répliqua la jeune Grecque de l'île de Chypre, que vous êtes superbement vêtu, et combien serait heureuse celle qui s'assiérait à vos côtés sur des étoffes de Damas en mangeant des confitures !

— Oh ! monseigneur, répliqua la Circassienne, que vous avez de beaux diamants aux doigts, et combien serait heureuse celle qui en détacherait un pour le mettre au sien !

— Oh ! monseigneur, répliqua l'esclave du pacha de Caramanie, que vous avez de paisibles palais et de tranquilles jardins, et combien serait heureuse celle qui dormirait dans ces palais et se reposerait dans ces jardins !

Le duc Lelio souriait en écoutant les compliments des six jeunes filles : — Et si je vous accordais ce que vous me demandez, leur dit-il ?

— Oh ! monseigneur, s'écrièrent-elles en se rapprochant plus familièrement, notre vie serait trop courte pour suffire à notre amour et à notre respect.

— Vous voilà supplanté par le duc des Iles-Riches, dit l'homme aux pendeloques à Arlequin, comme vous avez supplanté l'Empereur du Cap-Vert.

— Qu'à cela ne tienne, répondit Arlequin, pourvu que je retrouve Colombine.

En ce moment il se fit une clarté plus grande dans le jardin ; une avenue, qui semblait un rayon de soleil, descendit jusqu'à terre de la porte resplendissante d'un palais. Cette porte s'ouvrit comme elle s'était déjà ouverte une fois au-dessus du petit bureau crasseux de Cassandre, et une fée, la marraine d'Arlequin, s'avança, tenant Colombine par la main.

— Arlequin, dit la fée, les dieux ont eu pitié de tes travaux, Colombine t'appartient par leur ordre ; la persévérance vers un but avoué et saint est toujours récompensée ; l'homme qui sait et peut oser dire ce qu'il veut ne doit accuser que lui-même quand la réussite trompe ses ambitions.

— Cassandre, dit-elle, tu ne fus qu'un sot de courir après la fortune et la vanité. Les dieux te pardonnent en considération de Colombine.

— Duc Lélio, dit-elle encore au prince des Iles-Riches, tu trouveras auprès de ces six jeunes filles le seul bonheur permis aux cœurs comme le tien. Souviens-toi cependant de la loi fondamentale de ce pays ; tout étranger qui aborde sur ces rivages, défendus au commun des hommes, y a droit à un palais et au domaine qui en dépend.

La fée disparut alors après avoir uni les mains d'Arlequin et de Colombine.

Les deux amants vécurent fort heureux avec tous les avantages du mariage et de l'amour, dans un palais entouré de grands arbres, de champs, de bois et de prairies. Jamais Arlequin ne regretta le spectacle du monde qu'il avait trop vu ; l'expérience des vices et des travers humains lui rendit plus chères la sagesse et la retraite ; Cassandre usa près d'eux le reste d'une vieillesse fort à l'aise, mais fort ennuyée de n'avoir plus d'écus à rogner ; ce fut sa seule punition ; l'homme aux pendeloques se consola de ses propres malheurs dans le bonheur d'Arlequin et de Colombine ; il revint à la raison et attendit avec tranquillité l'heure de retrouver ceux qu'il regrettait ; quant au duc Lélio, il mena joyeuse vie au nez du Docteur qui y

13

perdait sa morale, s'ennuya beaucoup, et fut trompé par les six jeunes filles prisonnières.

Il n'est pas jusqu'à l'équipage d'Arlequin et jusqu'à l'auteur dont nous ne puissions dire un mot.

Quand les matelots du navire merveilleux furent consultés sur la récompense due à leurs services, tous déclarèrent qu'ils préféraient redevenir crabes au risque d'être un jour bouillis tout vifs et mangés dans leur propre carapace avec de la moutarde, à subir plus longtemps la condition d'homme sans parents et sans amis ; ils reprirent donc leur cuirasse verte, leurs pinces crochues et leurs barbes épineuses, et retournèrent au fond de la mer avec leur vaisseau qui s'abîma sous la forme d'une écaille d'huître. Quant à l'auteur, il se rappela la discussion philosophique dans laquelle il avait été battu un jour, et, sans se préoccuper des fonctions de l'idéal dans la traversée de ce monde, reconnut avec joie que le but le plus ardemment poursuivi pouvait bien être aussi quelquefois le meilleur.

ERRATA.

Page 1. — Au lieu de : PIERROT COUVREUR ET ROI, *lisez :* PIERROT COUVEUR ET ROI.

Page 8. — Au lieu de : ce qu'elle aimait, *lisez :* ce qu'il aimait

Page 17. — Au lieu de : de l'autre il se demandait en outre dans la probité de sa conscience, *lisez :* de l'autre il se demandait dans la probité, etc.

Page 18. — Au lieu de : salutaire distraction, *lisez :* salutaire diversion.

Page 22. — Au lieu de : Faut-il changer la composition, *lisez :* Faut-il charger la comparaison.

Page 25. — Au lieu de : manqué de respect à aucune province, *lisez :* à aucun prince.

Page 45. — Au lieu de : il se rappela alors certain renversement, *lisez :* il se rappela certain renversement.

Page 54. — Au lieu de : l'indignation portait, *lisez :* l'indication portait.

Page 91. — Au lieu de : les mauvais aient pâti et les bons, etc., *lisez :* les mauvais aient pâti avec les bons, et les bons, etc.

Page 93. — Au lieu de : forcer à faire pénitence, *lisez :* forcer à pénitence.

TABLE DES MATIÈRES.

———